폐교생활백서

어두운
숲을
지나는 방법

로서하

깊고 깊은 숲속

짙은 산 그림자

우거진 수풀

술렁이는 고목

나는 지금

그곳에 있습니다.

로서하입니다

안녕하세요. 블로그 『우리 강산 프로개 프로개』에서 '손'이나 '살식마' 역할로 나온 '로서하'입니다. 블로그에서는 '지박령'이라는 이름으로 등장해요.

처음 『폐교생활백서』 에세이를 함께 쓰자는 제안을 받았을 때 난 조금 부정적이었어요. 내가 쓴 책만 악성 재고로 남게 될 것 같았거든요.

하지만 함께 책을 출간한다는 건 꽤 낭만적인 일이잖아요. 격렬하게 고민하니까 남편이 "전부 재고로 남아도 괜찮아"라고 하더라고요.

출간한 책의 판매 부수가 저조하면 출판사에 미안하지만, 우리는 직접 출판하니까 괜찮을 것도 같았어요. 그래서 '여차하면 내가 다 끌어안고 살아야지'라는 마음으로 썼습니다.

그렇게 쓰인 5년간의 이야기가 여러분에게 어떤 심상을 가져다주길 바랍니다.

특별했던 5년을 기억하며

나도,

내가 폐교에서 살게 될 줄은 몰랐어요.

☆ 꿈에도

살다 보면 집 주소를 말할 일이 종종 있게 마련입니다. 대부분은 배송과 관련된 일이죠.

우리 집 주소를 말하면, 확인해 본 상대는 이렇게 물어오곤 합니다.

"여기가 맞나요?"

"네, 맞아요. 거기로 가져다주시면 돼요."

"사람은 있어요?"

"네, 있어요."

의혹을 안고 도착한 상대는 "여기 사람이 사는 줄 몰랐어요"라며 말문을 엽니다.

사실은 나도,

내가 폐교에서 살게 될 줄은 몰랐어요.

꿈에도.

✧ 어쩌다 폐교

지금 이 문장을 쓰는 나는 폐교에서 아침을 맞이하고 있어요. 이곳에서 눈을 뜬 지 햇수로 5년이나 되었네요.

왜 폐교에서 살게 되었는지를 말하려면 남편의 유별난 취미에 대해 짚고 넘어가야 합니다. 남편은 식물을 키워요. 폐교로 오기 전에 살았던 아파트에서도 방 하나와 화장실 하나를 식물에 내어주었을 정도였어요.

다소 과한 취미를 말리지 않은 건 남편이 술과 담배를 하지 않기 때문이에요. 친구를 만나도 카페에서 커피에 조각 케이크를 먹고 돌아오니까 그 대신이라고 생각했어요.

사건은 내가 남편에게 안식년을 주면서 시작됩니다. 그동안 고생했으니 일 년쯤 쉬라는 것이었는데, 돈을 벌지 않아도 괜찮다면 하고 싶은 일을 하겠다더라고요.

식물이나 조금 더 키울 줄 알았는데, 덜컥 펀딩을 받더니 비닐하우스가 필요하다며 알아보러 다녔습니다. 그때 우리는 아파트에 살고 있었고, 차로 30분 안에 갈 수 있는 곳에 천 평 정도 규모의 비닐하우스는 존재하지 않았어요.

그렇게 이사가 결정됩니다.

살아가다 보면 파도에 휩쓸리는 것 같을 때가 종종 있어요.

정신을 차려보면 망망대해 한가운데에 둥둥 떠 있는 거죠.

물 위에 떠 있는 것처럼

조금은 불안하고

조금은 여유로운

그래서 조금은 신나는 기분으로

✦ 갑자기 이사

이사는 어려운 결정이 아니었어요. 남편은 안식년이었고, 나는 출퇴근하지 않는 직업이었으니까요.

나는 플랫폼에 웹소설을 연재 중이었어요. 그래서 장소를 알아보는 건 남편이 맡았습니다. 실시간으로 소설을 연재할 때는 모든 사고가 '소설'로 향하기 때문에 신경 쓸 여유가 없거든요.

며칠 알아보던 남편은 '천 평 이상의 비닐하우스'가 근처에 없어서 도시를 벗어날 수밖에 없다고 했죠.

회색의 도시를 벗어난다는 것.

막연하지만 조금 낭만적으로 느껴지기도 했어요. 글 쓰는 일에는 지역이 상관없으니까요. 전국을 대상으로 장소를 물색하는 것도 괜찮다고 했습니다. 이때 내가 내건 조건은 단 하나였어요.

욕조가 있을 것.

처음의 계획은 1~2년 정도 지낼 곳을 찾는 것이었으니 짧은 불편은 감수할 수 있겠다고 여겼어요. 나는 작은 일에 소심하고, 큰일에 대범한 편이기도 해요.

그렇게 나온 후보지는 세 곳이었어요.

먼저 살펴본 다른 두 곳은 나쁘지 않았습니다. 모두 밭이 딸린 농가 주택이었어요. 주인과 협의해서 비닐하우스를 세우는 대신 시설을 그대로 주고 나오는 방향으로 이야기를 정리할 수 있을 것 같았어요.

그리고 세 번째, 폐교가 있는 도시에 진입했습니다. 사실 남편에게 설명을 들었을 때 폐교는 가장 후 순위였어요.

폐교를 임대해서 운동장에 비닐하우스를 세우고, 학교 건물은 거주 겸 작업 공간으로 쓸 수도 있다는 설명에 '신기하네'라고 여겼을 뿐이죠.

국내 여행을 많이 다닌 편이었지만, 폐교가 위치한 작은 도시는 유독 낯설었어요. 생각해 보니 나는 한 번도 이 도시에 온 적이 없더라고요.

지인이 사는 곳도 아니고, 바닷가인 것도 아니고, 특별한 관광지가 있는 것도 아니라 그랬던 것 같아요.

이곳은,

내겐 미지의 도시였어요.

✩ 나를 사로잡은 한순간

폐교는 낯선 도시에서도 구불구불한 국도로 한 시간이나 차를 타고 들어가야 했습니다. 가는 동안 나는 회의적이었어요.

오지도 이런 오지가 없었으니까요.

그런데 풍경 하나가 마음을 사로잡았습니다.

내가 쓴 첫 장편소설의 제목이 '어두운 숲을 지나는 방법'이에요. 쓰긴 했지만, 세상의 빛을 보지는 못했어요.

40개 정도의 출판사에 투고했고, 그중 딱 한 곳만이 연락을 주었습니다. 하지만 그곳에서도 그냥 출간할 수는 없겠다고 했죠. 대대적인 수정 요청에 원고를 바꿔봤지만, 계약이 성사되지는 못했어요. 그래서 그 원고는 몇 년이나 제 폴더 안에 잠들어 있었습니다.

나를 작가로 데뷔시켜 준 건 두 번째로 쓴 소설이었어요. 차기작을 고민하다가 잠들어 있던 소설을 꺼내 '로맨스'라는 완전히 새로운 옷을 입혔습니다. 제목까지 바꾼 다음에야 출간할 수 있었어요.

그래서 미처 옮겨 담지 못한 이야기와 '어두운 숲을 지나는 방법'이라는 제목만 남았죠.

온전히 빛을 보지 못한 작품이다 보니 애틋함이 남아있었는데, 폐교로 향하는 도중에 만난 풍경은 마치 그 소설 속 장면을 연상케 했어요.

그렇게 그 풍경이 마음에 들어와 콕 박혔습니다.

말랑말랑해진 마음으로 나무가 만들어 준 터널을 지나갔습니다. 그리고 국도를 조금 더 달려 시멘트 도로로 접어들었어요.

울퉁불퉁한 오르막길을 올라 폐교 운동장에 진입한 순간 나는 그 포근한 분위기에 반해버렸습니다.

봄볕이 드는 교정이 지닌 분위기를 기억하고 있나요?

모든 게 새로 시작될 것만 같이 따스하고 설레는 분위기가 그곳에 있었습니다.

그런데 건물이 폐쇄된 상태라 외부만을 볼 수 있었어요. 그것도 몇 년이나 사용하지 않은 건물이었죠.

전기가 들어오는지, 물이 나오는지도 확인되지 않았습니다. 어쩌면 천장에서 비가 새고 있을 수도 있어요.

창문 밖에서 기웃기웃해 보았지만, 보이는 건 '1학년 1반' 같은 교실의 표찰 정도였어요.

교육청에 문의해 보아도 원칙상 확인해 줄 수 없다는 답만이 돌아왔어요. 우리는 내부가 어떤 상황인지 알지 못한 채 결정해야 했습니다.

그럼에도 불구하고 돌아오는 길에 말해버렸어요.

"여기가 좋겠어."

가끔은 생각합니다.

무언가에 홀렸던 것 같다고.

✵ 그렇게 시작

우리는 공매 입찰에 참여했고, 5년간 폐교를 임대하게 되었어요.

운동장에 비닐하우스를 세우는 것도 원상 복귀 조건으로 허가받았어요. 1층은 거주 공간과 출판사 사무실로 활용하고, 2층 교실은 개별 집필 공간으로 만들어 동료 작가를 초대할 큰 꿈을 꾸었습니다.

그렇게 계약 절차를 마치고 열쇠를 받았어요. 문을 열고 들어가자, 우리를 맞이한 건 10여 년간 쌓인 먼지였습니다.

콜록콜록.

노동이 시작되었어요.

청소와 청소, 청소를 거쳐서

약간의 수고로움으로 물과 전기가 해결되었어요.

문명이 생겼습니다.

✫ 노동의 서막

문명이 생긴 이후로 본격적인 노가다가 시작되었어요. 일은 해도 해도 줄어들지 않아요.

왜 계약하기 전에 이런 것들을 고려하지 않았을까요?

역시 첫눈에 반한다는 건 위험한 일인 것 같아요. 그나마 다행인 건 내가 단순노동을 좋아한다는 점이죠.

멍하니 앉아 단순반복적인 일을 하다 보면 막혀있던 소설의 스토리가 뻥 뚫리기도 하거든요.

사실은 아무 생각이 없었던 것 같아요.

도시의 병원에서 태어나

서울에서 초중고, 대학교를 나오고 직장을 다니던 내가

지방 오지의 삶에 대해 무얼 알겠어요.

막연히 '불편하겠지' 정도의 감상만이 있었을 뿐이죠.

✦ 예측불허의 인생

부푼 꿈을 안고 시작된 폐교 1년 차.

교실을 단장하고, 화장실 공사를 진행해서 작가를 위한 작업실을 오픈하려고 했어요.

그런데 코로나19 사태가 시작됩니다. 지역 간의 이동이 제한되면서 결국 작업실 계획은 미뤄두기로 합니다. 이때까지만 해도 코로나가 몇 년씩 이어질 줄은 몰랐어요.

그래서 미루고, 미루고, 미루던 '작업실' 계획은 삼 년 차에 폐기합니다. 모든 게 계획대로만 되는 건 아니니까요.

뭐, 사람 사는 일이 다 그렇지 않겠어요.

폐교에서의 생활은 내내 그랬던 것 같아요.

예측할 수 없는 일들이 일어났어요.

막연하게 좋을 것 같았던 부분은 훨씬 더 좋고,

막연하게 불편할 것 같았던 부분 역시 훨씬 더 불편했습니다.

✫ 돌이킬 수 있다면

"폐교에 살면 뭐가 제일 불편하세요?"

이런 질문을 받으면 나는 망설일 수밖에 없어요. 불편한 게 너무 많아서 무엇부터 말해야 할지 결정할 수 없거든요.

그래서 5년 전으로 돌아간다면, 어떻게 할 것 같냐고 묻는다면 그건 쉽습니다.

그래도 폐교를 선택할 것 같아요.

이곳에 살며 감내해야 하는 수많은 불편함은 '오후 2시'의 순간으로 상쇄되니까요.

\# 오후 2시의 하늘

✧ 어디에나 있는 하늘

아파트에 살 때도 하늘은 있었어요. 작가가 되기 전 지옥철을 타고 출퇴근할 때도 내 머리 위에는 하늘이 있었죠. 하지만 어쩌다 하늘을 올려다보는 순간에도 큰 심상을 가져다주지 못했습니다.

높은 빌딩 사이로 보이는 하늘이 좁아서였을까요?

그렇다기보다는 그때는 하늘을 마주 볼 여유가 없었던 것 같아요.

폐교를 선택한 걸 후회하지 않는 이유가 불편하지 않기 때문은 아니에요. 굉장히 불편합니다.

누군가 폐교를 매입해서 살고 싶다고 말하면 구구절절 설명하며 말리고 싶을 만큼 불편해요. 하지만 그 불편한 5년은 내게 주변을 돌아볼 여유를 주었어요.

그리고 나는 오후 2시에 하늘을 올려다보는 지금의 내가 좋습니다.

그게 이유에요.

잠시 하늘을 잊고 있었다면

지금 한 번 올려다보는 건 어떨까요?

✪ 세상과 거리 두기

폐교에서 우리가 다니는 동물병원까지는 30km입니다. 연재 중인 작품을 계약한 출판사까지는 245km이고, 친정까지는 270km예요. 친구를 만나려면 250km는 족히 가야 합니다.

그래서 우리 자동차는 1년에 3만km를 달려요.

그나마 우리 부부가 상당한 집돌이, 집순이이기에 이 정도로 그치는 걸 겁니다. 15일 정도 폐교 밖으로 나가지 않았을 때도 있었으니까요.

그러다 보니 물건을 사재기하는 습관이 생긴 것 같아요. 나는 다람쥐처럼 생필품을 모아둡니다. 설거지하다가 주방세제가 떨어졌다는 걸 발견하면 낭패니까요.

남편은 먹을 걸 모읍니다. 좋은 게 있으면 한 박스, 두 박스씩 구매해요. 그래 놓고 유통기한 내에 다 먹지 않아 저에게 잔소리를 듣곤 합니다.

물론 폐교에서 차로 10분 정도 거리에 농협하나로마트가 있기는 해요. 하지만 그곳을 마트라고 부르기는 힘들어요.

농협 은행 안에 자리 잡고 있거든요. 샵인샵 개념이 아니라 은행 창구 옆에 칸막이도 없이 자그마한 물건 매대와 계산대가 있는 구조입니다.

처음 보았을 때는 충격을 받았어요. 물건이 많지 않아 장을 보기는 힘들고, 가끔 음료수나 아이스크림 정도를 사러 갑니다.

이유는 모르겠지만, 한쪽에서 파는 냉장고기의 질이 굉장히 좋아요. 폐교 생활 4년 차가 된 다음에야 이곳에서 파는 고기를 맛볼 수 있었는데요. 굳이 찾아가던 시내 정육점보다 고기 질이 월등하게 좋아서 4년을 손해 본 기분이었어요.

하나로마트를 자주 가지 않으니 그 뒤에도 몇 번 맛보지 못했지만요.

이곳에 자주 가지 않는 이유는 단지 물건이 적기 때문은 아니에요. 은행 창구 한쪽을 사용하다 보니까 영업 시간이 끝날 때 문을 닫거든요.

다시 말하면 오후 4시면 문을 닫고, 주 5일입니다.

마트와 은행 창구

편의점까지 27km

스타벅스까지 29km

떡볶이집까지 34km

대형마트까지 34km

응급실까지 34km

대형서점까지 114km

백화점까지 125km

공항까지 134km

✬ 없어서 슬픈 것들

근처에 마트만 없는 게 아니에요. 주변에 돈을 쓸 수 있는 곳이 없어요. 도보로 갈 수 있는 가게가 단 한 곳도 없습니다.

가벼운 마음으로 걸어나가 커피 한 잔을 마신다거나 군것질하며 돌아오는 소소한 행복을 누릴 수 없어요. 간단한 안주에 맥주를 한 잔 마시고 돌아오는 호사도 누릴 수 없습니다. 술집이 없으니까요.

상황이 이렇다 보니 배달되는 가게가 없습니다. 마라도에서도 배달된다는 짜장면은 우리 집으로 배달되지 않아요.

배달되는 치킨집이나 피자집 하나 없는 삶이 얼마나 퍽퍽한지 상상되시나요?

달리 말하면 삼시세끼를 집에서 해 먹어야 한다는 뜻이에요.

이미 슬픈 것 같은 기분이 들지 않나요?

김밥이 먹고 싶다면,

열심히 말아야 합니다.

✧ 가로등이 없는 밤

당신은 가로등이 없는 밤거리를 상상해 본 적 있나요?

해가 지면 주변 도로와 마을은 짙은 어둠 속에 잠깁니다. 초행길인 사람이 밤에 운전해서 오면 공포에 사로잡힐 만큼의 어둠입니다.

처음에는 폐교의 완전한 밤이 무서웠어요. 짙은 어둠에 삼켜지는 것 같은 기분이 들었거든요. 그래서 해가 지면 잘 나가질 않았어요.

하지만 세상 모든 일에는 양면이 있듯이 가로등과 높은 건물이 없는 밤은 다른 풍경을 선물합니다.

쏟아질 듯한 별빛이 함께하죠. 밤하늘을 올려다보았을 때 인공위성이 아닌 별자리를 찾을 수 있다는 건 낭만적인 일임이 분명해요.

맨눈으로,

북두칠성을 찾을 수도 있어요.

✫ 나를 불편하게 하는 것들

이곳에는 쓰레기 배출 장소가 없습니다.

그러면 어떻게 하냐고요? 종량제 봉투에 담아 큰길에 내어놓으면 됩니다. 재활용이 가능한 건 분리해서 포대에 담아놓고요.

문제는 쓰레기차가 2주에 한 번씩 온다는 거예요. 어쩌다 쓰레기차가 가득 찬 채로 도착하면 4주 차에 가져갈 때도 있습니다. 딱히 시설이 있는 게 아니기 때문에 배출된 쓰레기는 2주간 도롯가에 방치됩니다.

2주에 한 번이라는 것도 문제예요. 어쩌다 그날 볼일이 있거나 깜빡하고 넘어가면 집안에 4주 치 쓰레기가 쌓이게 되는 거죠.

미리 길에 내놓을 수도 없습니다. 비가 내리면 물이 들어가니까요.

지금에 와서 생각해 보니 알겠어요. 5년간 살면서 가장 불편한 건 이 쓰레기 문제였던 것 같아요.

인구수가 적기 때문이니 불평할 수만은 없습니다. 불편을 감수할 수밖에 없는 것 같아요.

이건 사실 전혀 예상하지 못했던 불편이었어요.

만약 은퇴 후 전원생활을 꿈꾸고 있다면 해당 지역의 쓰레기 배출이 원활한지 꼭 확인해 보세요. 인구수가 적은 곳은 쓰레기 배출을 위해서 몇 km를 이동해야 할 수도 있어요.

이런 시골은 경찰서와 소방서, 병원도 가까이에 없어요. 평소에는 피부로 와닿지 않지만, 문제가 생겼을 때는 곤란해질 거예요.

또 믿을 수 없을 정도로 전기가 자주 끊겨요. 길게 끊어지는 일은 많지 않지만, 짧게는 1분에서 길게는 10분 사이로 전기가 끊어지는 일이 빈번해요.

적어도 냉동실은 괜찮을 테니 안심이라고요?

컴퓨터로 작업을 하고 있을 때 전기가 나가면 제 멘탈도 함께 나간다고요. 그래서 컴퓨터만큼은 배터리가 탑재된 콘센트(UPS 장치)에 연결해 사용하고 있어요.

전기가 나가면 요란한 알림 소리가 울리고, 저장되어 있던 전기를 사용해요. 문서파일을 저장하고 컴퓨터 전원을 종료할 시간을 벌 수 있죠.

이뿐만이 아니에요. 인터넷이 잠깐씩 끊기는 건 대수롭지 않게 넘길 수 있는 경지에 이르렀어요.

전체적으로 도시의 안정적인 기반 시설을 사용할 수 없어서 오는 문제라고 할 수 있겠어요.

이곳에는 돈을 버는 방법도 많지 않아요. 돈을 쓸 곳이 없다는 건 다시 말하면 돈을 벌 수도 없다는 것이겠죠.

가게가 없으니 아르바이트조차 할 수 없습니다.

농사를 지을 게 아니라면 이런 오지에서 살 수 있는 사람은 돈 많은 백수이거나, 인터넷으로 모든 업무를 처리하는 프리랜서밖에 없을 거예요.

현무와 산책하러 나갔을 때 30분 동안 사람을 한 명도 마주치지 않은 적도 있었어요. 놀랍지 않나요?

서울에서 태어나 자란 내가 상상하지 못했던 많은 것들이 이곳에 있었습니다.

가로등이 없고

배달되는 가게 없고

편의점과 카페, 술집이 없고

쓰레기 배출 장소가 없고

일할 곳이 없는 이유는

사람이 없기 때문이에요.

✧ 불편하기보다는 힘들었던

음, 추웠어요.

생활하는 교실만 난방하다 보니 화장실을 가려고 복도로 나서면 체감 온도가 영하로 뚝 떨어졌어요. 분명히 건물 안에 있는데도 입김이 나옵니다.

심지어 이 지역의 겨울은 몹시 길거든요. 중부 지역인데도 최저 온도로 전국 1~2위를 다투는 곳이었어요.

한마디로 너무 추워요.

✮ 그렇게 사수한 오후 2시의 하늘

직장생활을 6년 정도 했습니다. 5호선을 타고 영등포 구청에서 2호선으로 갈아타 강남까지 나가는 편도 한 시간 반의 출근이었어요.

지옥철을 타고 하루를 시작하는 당신이라면 오후 2시에 하늘을 한 번 올려다보고, 낮잠을 청할 수 있는 삶이 얼마나 풍요로운지에 대해 공감할 수 있을 거예요.

그렇게 자고 일어났을 때 왼쪽에는 고양이 백호의 얼굴이 있고 오른쪽에는 개 현무의 엉덩이가 있어요. 이유는 모르겠지만 백호는 얼굴을 내 쪽으로 하고 자고, 현무는 엉덩이를 내게 붙이고 잡니다.

우현무, 좌백호. 오른쪽, 왼쪽의 자리도 정해진 것처럼 항상 똑같은데 그 이유는 잘 모르겠어요.

하지만 이 순간이 더없이 행복한 기분을 선사한다는 것만은 알고 있습니다.

사실은,

오후 2시에 올려다보는 매일의 하늘이

얼마나 다채로운지

설명할 수 있는 필력이 내게는 없어요.

☆ 불편과 바꾼 행복

이 순간이 지속되기를 바라는 조마조마한 마음으로 현무의 털을 가만가만 쓰다듬습니다. 그러면서 창문 너머의 하늘을 올려다봐요.

오늘의 하늘은 참 파랗네요.

내가 깨어났다는 걸 눈치챈 백호는 얼굴 옆에서 골골송을 부릅니다. 질투가 많은 현무도 이에 질세라 얼굴을 핥거나 손을 끌어다 제 배에 가져다 댑니다.

조금 더 고요한 시간을 누리고 싶었는데, 평화가 깨졌습니다.

하지만 이 역시 행복한 순간임에는 분명합니다. 나는 그렇게 수많은 불편과 바꾼 행복을 만끽합니다.

숨만 쉬고 있어도 행복해요.

아무것도 하지 않아도.

아무것도 하지 않아서.

⚝ 없어서 좋았던 것

바로 '층간소음'이에요.

당연한 일이지만 폐교에는 층간소음이 존재하지 않아요. 폐교로 이어지는 시멘트 도로를 내려가고 나서야 이웃집이 두어 채 나옵니다. 그러니 이웃에 의한 소음은 있을 수 없어요.

나는 중2 때부터 아파트에서 살았어요. 그러니 층간소음은 사춘기 때부터 나와 함께했죠. 층간소음은 독립해서 얻은 빌라에도 있었고, 결혼해서 아파트로 이사했을 때도 졸졸 따라다녔습니다.

인생의 동반자처럼 따라붙던 층간소음에서 벗어나니 너무나도 홀가분했어요.

새벽에 귀가한 누군가가 세탁기를 돌리고 있다거나

어느 집의 아이들이 거실에서 공놀이를 즐긴다거나

누군가 주말마다 목공 취미를 영유한다거나

옆집 학생이 가수의 꿈을 갖고 있다거나

위층 부부가 싸우는 걸 강제적으로 알게 되는 일.

✦ 그리워지는 곳

서울의 친정에서 하룻밤 자고 일어나면 아침에 이런 생각이 듭니다.

'나는 그동안 여기서 어떻게 살았을까?'

누군가의 목소리, 물소리, 담배 냄새가 넘어오는 아파트의 밤은 안락하면서도 불편했어요.

하루 만에 고요한 폐교의 밤이 그리워졌습니다.

사는 내내 폐교는 그런 곳이었어요. 불편하지만, 떠나면 하루도 지나지 않아 그리워지는 곳이요.

✪ 폐교의 소리

층간소음이 없다고 해서 마냥 고요하지는 않습니다.

꿩 소리를 처음 들은 날에는 남편에게 물었습니다.

"저 우렁차게 꿩꿩하는 소리는 뭐야?"

"꿩."

"…여기 꿩이 있어?"

"뒷산에서 내려왔겠지."

나는 꿩이 꿩꿩하고 운다는 걸 처음 알게 되었어요. 뒷산에 사는 것으로 추정되는 꿩은 그 뒤로도 가끔 내려와 꿩꿩하고 울고는 올라갑니다.

어느 날에는 고라니 소리를 듣고 놀라서 경찰에 신고할 뻔했어요. 여자의 비명처럼 들리더라고요.

다행인 건 한 번 '이건 이 동물의 소리'라고 인지한 다음에는 크게 신경 쓰이지 않는다는 점이에요. 내 안에서 백색소음으로 분류되는 모양인지 평화를 깨지는 않습니다.

아침이면 어김없이 들려오는 새소리

오후에는 꿩 소리

밤에는 고라니 소리

자매품 매미와 개구리 소리

농부가 밭에 약을 뿌리는 소리

만물상 트럭이 지나가는 소리

산불 조심 기간임을 알리는 차량의 소리

딕션이 좋지 않아 귀 기울여야 하는 이장님의 방송 소리

✬ 폐교를 지키는 사방신

백호, 현무, 주작, 청룡.

동서남북의 방위를 다스리는 영수는 아니지만, 폐교에 활력을 불어넣어 주는 친구들이죠.

지방 오지의 좋은 점은 이걸 거예요. 가까운 이웃이 없기에 반려동물을 선택하는 폭이 넓거든요.

아파트였다면 현무 같은 대형견이나 주작이 같은 거위와 함께 살기는 힘들었겠죠.

✦ 고양이, 백호

백호는 폐교로 오기 전부터 함께 살던 고양이입니다. 남편이 어느 날 갑자기 데려왔어요.

허락보다 용서가 쉽다나요. 그대로 둘 다 쫓아내려고 했지만, 백호가 너무 예뻐서 봐주었습니다. 아파트에서 안락하게 살다가 집사를 따라 폐교로 이주했죠.

어렸을 때는 개냥이였는데, 사춘기가 온 이후로 액자가 되었어요. 일곱 살이 넘고부터는 모든 걸 귀찮아하며 가만히 창밖을 봅니다.

폴드종 믹스라 귀가 접혀있지만, 기분에 따라 귀를 펴기도 해요. 이름을 부르면 귀를 쫑긋하는데 얼마나 귀여운지 몰라요.

하지만 예쁘다고 오냐오냐 키워서 성격이 나쁩니다. 기분이 틀어지면 저보다 다섯 배는 큰 개에게도 거침없이 냥 펀치를 날려요.

낮에는 손대면 귀찮아하며 가버리지만, 밤에는 잠든 내 옆에 와 있어요. 물론 옆에 있는 걸 발견하고 쓰다듬으면 다시 가버립니다.

구석구석 숨어있는 걸 좋아해서 비정기적으로 찾아줘야 해요. 이름을 부르면 이해할 수 없는 곳에서 나타나 놀라게 합니다. 그나마 콜링이 잘되어서 다행이랄까요.

백호는 입이 짧아요. 어찌나 까탈스러운지 간식조차 가립니다. 좋아하는 고양이 과자가 있는데 맛이 다양하거든요. 그중 치킨 맛은 먹고, 우유 맛은 입에 넣었다가 톡 뱉어버려요.

반면 현무는 무엇이든 잘 먹어요. 얼마나 잘 먹느냐면 심장사상충 약도 주면 맛있게 씹어먹을 정도예요. 약 먹일 때 고민을 해본 적이 없어요.

그래서 백호가 거부하는 간식은 현무를 주곤 했거든요. 그런데 어느 날부터 백호가 거부하던 우유 맛을 먹기 시작했어요.

취향에 맞지 않는 간식이라도 현무를 주는 건 싫은가 봐요.

그리고

프로 방해꾼입니다.

✫ 개, 현무

현무를 데려오게 된 계기는 '두려움'이었어요. 지금은 새벽에 불도 켜지 않고 돌아다니지만, 처음에는 밤에 폐교 복도를 돌아다니는 게 무서웠거든요.

침실로 쓰는 교실과 화장실 사이에 거리가 좀 있어요. 복도로 나가 교실 몇 개를 지나야 화장실이 나오는 데 새벽에는 좀 무섭더라고요.

그렇다고 온 복도를 환하게 밝혀 놓고 살 수는 없잖아요. 화장실 메이트가 절실해서 골든 리트리버를 가정 분양받았습니다.

그런데 아무래도 믹스 같아요. 대형견과 섞였는지 몸무게가 50kg에 달합니다. 살이 찐 건 아니에요. 병원에서도 다이어트시킬 필요는 없다고 하더라고요. 그냥 큰 거예요.

겁이 많고, 순한 편인데 의외의 곳에서 고집이 있어요. 다행히 모든 고집은 간식 앞에서 무너집니다. 식탐이 없었다면 키우기 난도가 더 올라갔을 거예요.

현무의 행복은 사소하고도 선명해요.

사료 통을 여는 소리나 간식 봉지를 집어 드는 바스락 소리에도 기쁘고,

머리를 한번 쓰다듬어 주기만 해도 활짝 웃어요.

나는 공이나 터그링을 손에 드는 사소한 노력으로도 현무를 행복하게 만들 수 있어요.

행복의 허들이 낮은 현무를 보고 있으면 나 역시 행복해집니다.

행복은 전염성이 강하거든요.

눈이 마주치면 달려오고,

눈이 마주치지 않아도 달려오는,

대체로 멍청하고 가끔 똑똑한 개입니다.

✫ 거위, 주작

네, 방금 머릿속에 떠오른 오리보다 큰 그 하얀 새요.

나는 새를 무서워하는 편이라 거위를 키우게 될 거라고는 생각도 하지 못했어요. 사실 지금도 다른 새는 무서워요.

그래도 알부터 키워서인지 넓은 운동장을 돌아다니며 풀을 쏙쏙 골라 먹는 모습이 제법 귀여워요. 더 귀여운 건 풀을 편식한다는 점이에요.

낯선 사람이 접근하면 날개를 펼치며 위협하는 게 제법 기세가 좋아요. 사방신 중에는 가장 방범 기능이 뛰어납니다.

주작이들이 좋아하는 특이한 장소가 있어요.

잡초가 많은 운동장도, 사료가 있는 철망 안도 아니에요.

택배 보관함을 좋아해요. 아침에 일어나 보면 넓은 집을 놔두고 택배 보관함에 옹기종기 들어가 있을 때가 많습니다.

귀엽긴 한데, 이유를 모르겠어요.

주작이는

세 마리가 하나인 것처럼 함께 다녀요.

✧ 파란 가재, 청룡

파란 가재라니 좀 신비해 보이지 않나요?

청룡이(청이, 용이)는 부부예요. 둘 다 성격이 순한 편이라 다른 물고기를 합사시켜도 같이 잘 살아주었어요.

가재는 평균 수명이 2년 정도라던데 청이는 3년 차, 용이는 5년 차까지 우리와 함께 살다가 용궁으로 떠났습니다.

지금은 어항에 청룡이의 친구인 물고기들만 남아있어요.

청룡이가 제일 좋아했던 건 장구벌레입니다.

장구벌레를 어항에 넣어주면 집게춤을 추면서 달려 나왔거든요. 사료를 먹을 때의 3배 정도 되는 속도인데, 다른 먹이로는 볼 수 없는 모습이었습니다.

그래서 냉동실에는 항상 냉동 장구벌레가 들어있었어요.

내 소중한 냉동실에 벌레를 넣게 될 줄이야.

물고기 밥은 먹지 않아요.

등에 물고기 밥이 떨어져도 신경 쓰지 않습니다.

⭐ 백호와 현무의 관계성

동물 캠을 설치했어요.

우리가 없을 때 현무와 백호가 어떻게 지내는지 궁금했거든요.

현무는 사람이 없으면 자더라고요. 계속 잠만 자는 것 같아요.

그리고 백호는 현무 옆으로 가서 슬쩍 누워요. 평소에는 그렇게 하찮아하더니 인간이 없을 때 의지할 곳은 현무뿐인가 봐요.

✦ 식물 그리고 식물

난 식물은 원래 잘 죽지 않는 줄 알았어요. 친정에 가면 지금도 아파트 베란다에 화분이 가득해요. 엄마는 좁은 집에서 식물을 이고 지고 꽃을 피워냈어요.

겨울이 되면 베란다에 있던 화분들이 전부 안으로 들어와 불편했던 기억이 있습니다. 나는 자라는 내내 집안의 화분에 한 줌의 관심도 두지 않았어요. 나에게 있어 화분은 그냥 그 자리에 항상 있는 가구와도 같은 것이었어요.

분명 자라나고, 가지치기 되고, 죽어 새 화분으로 교체되었겠지만, 관심이 없었으니 알 턱이 있나요.

결혼 후에는 남편 역시 그렇게 식물을 키워내서 가드닝 취미를 가진 인류 모두가 식물을 잘 키우는 줄 알았지 뭐예요.

'식물의 성장'이 눈에 들어온 건 폐교에 오고부터에요. 보이는 게 온통 녹색뿐이니 관심을 기울이지 않을 도리가 없었던 거겠죠.

하늘을 강조했지만, 이곳에는 초록 또한 가득합니다.

자연적으로 자라는 초록과 남편이 키우는 초록이죠.

✦ 식물 산책

나는 초록빛 잎새를 흔들고 지나가는 다정한 바람을 좋아해요.

그래서 점심을 먹고 나면 키우는 화분을 둘러보는 시간을 가져요. 어떤 식물이 얼마큼 자랐는지, 꽃이 피었는지 살피는 거죠.

사실 말이 살피는 것이지 주의력 없이 초록을 즐기며 걸어갈 뿐이에요.

폐교에 가장 식물이 많았을 때는 화분이 5천 개 가까이 되었던 것 같아요. 어떻게 보아도 일반적인 가정에서 키우는 규모는 아닙니다.

다시 생각해 봐도 유별나네요.

실험한다며 온갖 화분을 비닐하우스에 가득 채웠을 때는 하루에 두 번 그곳을 산책하며 오늘의 베스트 식물을 뽑는 나만의 놀이를 즐겼어요.

그날 가장 예뻐 보이는 식물을 선정하는 거죠.

✫ 명예의 전당

초기에 1등으로 선정된 식물은 '유칼립투스 폴리안'이에요. 이후로 '백묘국'이 한동안 1등을 차지했다가 결국 내 사랑은 '유칼립투스 폴리안'에게로 돌아갔어요.

바람이 불어 포르르 흔들리며 햇살에 반짝이는 폴리안의 모습을 가만히 보고 있으면 기분이 좋아지거든요.

\# 유칼립투스 폴리안

살랑살랑

포르르

좋은 일이 일어날 것만 같습니다.

✦ 한 가지만 선택할 수 있다면

"이사 갈 때 한 가지 식물만 가지고 가야 한다면 어떻게 하실래요?"

종종 듣는 질문인데요. 음….

'한 가지'만이라고 한다면 예쁜 식물이나 고가의 식물을 선택하지는 않을 거예요.

우리 부부에게는 오래 키운 금전수가 있어요. 10년간 이사 때마다 데리고 다녔죠.

처음에는 조그마한 도기 화분에 담긴 채 우리 집에 왔어요. 선물 받은 거라 직접 돌보았죠. 그러니 금전수는 내가 돌보기 시작한 첫 식물이기도 해요.

금전수는 관리가 쉽고, 잘 죽지 않아요.

식물을 죽이고 싶지 않다는 마음에 완벽하게 부합하는 친구였어요. 위기가 있기는 했지만, 남편이 죽지 않도록 슬쩍 비료도 주고 하는 것 같더라고요.

그렇게 여러 번의 분갈이를 거쳐 지금은 욕조에 안착했어요.

✫ 애착 식물

금전수는 조금씩 자랐어요. 이제는 욕조가 꽉 차서 분갈이를 해주어야 하는데 엄두가 나질 않고 있어요. 내일의 남편에게 미루는 중입니다.

오래도록 번성하며 자라는 모습을 보니 다른 종류의 금전수에도 눈길이 가더라고요. 그렇게 금전수 친구들이 하나둘씩 늘었습니다.

무늬 금전수, 마블 금전수, 보석 금전수, 럭키 금전수, 블랙 금전수까지 추가되어 하나만 더 모으면 7가지 종이 됩니다.

어쩐지 다 모으면 소원을 들어줄 것 같지 않나요?

\# 무늬 금전수

✦ 모자라거나 과하거나

이사 갈 곳을 결정할 때 내걸었던 조건이 있었어요.

> 욕조가 있을 것.

그런데 폐교에 욕조가 있을 리 없잖아요. 화장실을 수리하면서 남편이 욕조를 구매했어요. 그렇게 배달 온 제품은 의자에 앉는 형태의 작은 욕조였어요. 욕조 사이즈를 확인한 남편은 무언가 잘못되었다는 걸 깨달았죠.

왕복 배송비가 제품 가격과 비슷했기 때문에 반품하는 대신 금전수 화분이 되었어요.

그런데 새로 배송 온 욕조는 1인용이라고는 믿을 수 없는 큰 사이즈를 자랑했어요. 크기에 놀라 물었습니다.

"도대체 얼마나 큰 걸 산 거야?"

"가로 180cm는 넘어야지. 나도 쓸 거니까."

"침대처럼 눕는 게 아니잖아."

"어?! 그러네?"

하여간 중도가 없는 사람이에요.

어찌 되었든 내 선택은 금전수입니다.

나는, 내가 가진 것 중에

오래된 것을 아끼는 편이에요.

✩ 다리가 많은 것

폐교에는 다리가 많은 생명체가 살아요.

지구상에 많은 벌레가 있다는 건 배워서 알고 있어요. 초등학교 때는 곤충도감 같은 책을 읽기도 했으니까요. 곤충채집 같은 숙제도 있었던 것 같아요.

하지만 도시에서 살아왔던 나는 다리 많은 친구와 만날 일이 많지 않았어요. 나방, 거미, 모기, 파리, 개미, 바선생 정도일까요.

그런데 이곳에 살면서 이름조차 모르는 온갖 벌레를 만나본 것 같아요.

간간이 사마귀나 사슴벌레, 화려한 무늬의 나비들이 출몰해요. 이 정도는 괜찮을 것 같다고요?

가장 자주 출몰하는 건 노래기, 귀뚜라미, 꼽등이, 그리마, 거미예요. 여기에 더해서 지네까지 나옵니다.

사실 벌레의 이름을 모두 알지 못해서 비슷비슷하게 생긴 개체는 구분하지 못하는 경우가 많습니다.

그저 봄에는 봄의 벌레가, 여름에는 여름의 벌레가, 가을에는 가을에만 나오는 벌레가 출몰한다는 것 정도만 인지하고 있어요.

어느 날 복도에 노래기가 보인다면 봄이 왔나보다 하는 식이죠.

처음에는 놀라기도 했고, 신기해하기도 했고, 비명을 지르기도 했습니다.

지금은 어떻냐고요?

흐린 눈을 하고 지나칩니다. 벌레들도 그냥 이곳에 함께 사는 존재라는 걸 알게 된 거죠. 내가 지구상의 벌레를 박멸할 수 있는 것도 아니니 그냥 공생할 수밖에 없잖아요.

손바닥만 한 벌레를 마주했을 때 질색하며 "저것 좀 죽여줘."라고 말하던 나는 5년 차에는 흐린 눈으로 "쟤 좀 밖으로 내보내 줘."라고 말하게 되었습니다.

물론 아직도 만질 수는 없어요. 나에게 폴짝 뛰어들 수 있는 손가락만 한 귀뚜라미를 잡을 수 있는 날이 올 리 없어요.

흐린 눈으로 지나치기에는 위험한 종류도 있다는 게 문제이긴 합니다. 말벌은 물론이고, 커다란 지네도 나오니까요.

✦ 이세계에서 온 생명체

놀랍게도 늦은 봄이 되면 폐교에 박쥐가 나옵니다.

세상에, 건물 안에서 박쥐가 나온다니 믿어지세요?

건물 뒤에 산이 있는데, 조그마한 동굴이라도 있는 게 아닐까요? 하지만 이건 추측일 뿐이죠. 창문도 닫혀 있고, 문도 열어두지 않는데 매해 복도를 날아다니거든요.

어쩌면 폐교 어딘가에 이세계로 통하는 문이 연결되어 있을지도 모르겠어요.

어디로 들어왔는지도 모르게 나타나 놀라게 하고는 사라지는 박쥐를 보며 그런 쓸데없는 생각을 해봅니다.

＃ 몬스터 포획용 쓰레기봉투

✦ 귀여움이 승리한다

주방에 있던 나는 아주 작은 쥐와 눈이 마주칩니다. 반사적으로 소리를 지르며 질색했으나 이상했어요.

'뭐지? 왜 귀엽지?'

마치 디즈니 애니메이션에 나와야 할 것 같은 생김이었어요. 검은 눈이 반짝하고 빛나는 작고 귀여운 쥐라니.

갈색 털과 대비되는 하얀 배가 인상적이었죠. 하지만 쥐를 보고 귀엽다고 생각해 버린 자신에게 충격을 받았어요.

당황스러워하며 겪은 일을 이야기하자 남편이 말합니다.

"멧밭쥐가 있는 것 같더라. 트랩을 설치할까?"

멈칫하자 남편이 설명을 덧붙였어요.

"꽃 속에서 잠든 쥐 사진이 SNS에 한참 떠돌았잖아."

"아, 그 쥐."

먹을 걸 찾으러 들어온 것 같았어요. 인터넷으로 사진을 검색해 본 나는 마음의 안정을 찾았죠.

"이 건물에 먹을 게 많긴 하지…."

멧밭쥐의 입장에서 노다지도 이런 노다지가 없을 것 같았어요. 남편이

다시 말을 덧붙였어요.

"병균을 옮긴다거나 하지는 않아."

"그, 그래?"

머릿속에 멧밭쥐의 모습이 떠올랐어요. 꽃이 아니라 트랩에 빠지는 모습을 상상하자 동심이 파괴되는 기분이었죠.

멧밭쥐를 발견한 곳은 주방이었어요. 교실을 주방으로 사용하고 있었기 때문에 신발을 신고 들어갑니다.

맨발이었다면 찝찝했겠지만, 신발도 신으니까.

나는 이상한 변명을 가져다 대며 멧밭쥐를 흐린 눈 멤버로 받아들이기로 합니다.

그 뒤로도 멧밭쥐를 주방에서 종종 마주쳤어요. 처음에는 사람을 보면 화들짝 놀라던 멧밭쥐는 이제 당당하게 걸어서 지나갑니다.

경계하지 않는다기보다는 노화가 진행된 게 아닐까 싶어요. 보통 2년을 넘기지 못한다고 하니까요.

갑자기 나타나 놀라게 한다거나 잡곡 비닐의 아랫부분을 찢어서 전부 버리게 만들기도 하지만, 멧밭쥐는 여전히 작고 귀여워서 트랩 설치는 보류되고 있습니다.

난 귀여운 것에 약하거든요.

✪ 부엉부엉 부엉이

구불구불한 시골 도로를 달리다 보면 다양한 야생동물을 만날 수 있어요. 길고양이나 청설모, 고라니는 아주 흔하죠. 간혹 멧돼지, 너구리, 꿩도 봅니다.

어떤 날은 커다란 조류와 눈이 마주쳤어요. 우리 주작이보다 큰 그것을 본 나는 새된 비명을 질렀습니다.

"저게 뭐야!? 부엉이처럼 생겼어."

"부엉이야"라는 대답이 돌아왔습니다.

폐교에서의 삶은 이런 일들의 연속이에요. 교과서에서 봤거나 막연하게 그 존재만 알고 있던 것들이 현실 속에서 튀어나오는 거죠. 그 괴리로 인해 머릿속에 버퍼링이 걸리곤 해요.

부엉이라는 걸 깨달은 다음에도 믿을 수 없다는 듯이 중얼거릴 수밖에 없었어요.

"저렇게 크다고?"

동화 속에서 편지를 물어다 주는 새로 기억되던 존재는 그렇게 내 안에서 새로이 몬스터로 각인되었습니다.

✦ 뒷산 고양이들

폐교에는 나지막한 뒷산이 딸려있어요. 그곳에는 고양이 가족이 삽니다. 도시의 길고양이들과 달리 경계심이 강한데, 처음에는 아주 골칫거리였어요.

2주에 한 번 치워가는 쓰레기봉투를 전부 찢어 놓았거든요. 폐교에 모아둔 쓰레기봉투를 찢은 건 그나마 나았어요.

큰길에 배출한 쓰레기봉투를 찢으면 그야말로 대참사가 벌어집니다.

왜 자꾸 쓰레기봉투를 찢는지 생각해 보니 배가 고픈 것 같았어요. 그래서 백호의 사료를 조금 나눠 주었습니다.

한번 주기 시작하니, 배가 고프면 밥을 달라고 내려오더군요. 보니까 자기와 똑같이 생긴 새끼 고양이들을 데리고 있었어요.

고양이들은 뒷산에서 지내다가 배가 고프면 내려와 현관 앞을 서성입니다. 사료를 또 나눠주면 근처에서 서성거리다가 산으로 돌아갑니다.

나는 그 고양이 가족들에게 '조랭이떡'이라는 이름을 붙여주었어요. 웅크리고 있으면 조랭이떡처럼 생겼거든요.

그렇게 우리 집 쓰레기봉투는 지켜졌습니다. 하지만 이런 만남은 오래가지 않습니다.

세찬 바람이 불고, 온 세상이 파묻힐 정도로 눈이 내린 이후로 조랭이떡들은 찾아오지 않았습니다. '산에 먹을 게 많겠지'라고 여기려 해도 보이는 건 눈뿐이었어요.

그렇게 한 계절이 지나고 어느 날.

낯선 검은 고양이가 덤불 아래에 웅크리고 있는 거예요. 그러더니 그곳에서 아기 고양이 소리가 났습니다.

"고양이가 새끼를 낳았나 봐."

엄마 고양이가 경계할까 봐 멀찍이서 구경해 봅니다. 꼬물거리는 고양이들의 색이 다양하기도 해요. 흰색에 얼룩이, 검둥이까지.

엄마 고양이가 놀라지 않도록 살금살금 돌아와 컴퓨터의 문서 창을 마주하는데 어쩐지 새끼 고양이 소리가 가까이에서 납니다.

나가보니 검은 새끼 고양이 한 마리가 현관 앞에 덩그러니 있었어요.

새끼 고양이는 엄마를 찾아 하염없이 웁니다. 작기도 작지만, 눈을 뜨지 못했더라고요. 앞이 보이질 않으니 이리저리 움직이다가 머리를 박으며 넘어집니다.

사실 처음에는 엄마 고양이를 잃어버린 줄 알았어요. 사람이 있으면 오지 않을 것 같아서 안으로 들어가서 기다렸지만, 엄마 고양이가 찾으러 오질 않더라고요. 엄마를 찾는 새끼 고양이 소리가 애절합니다.

어쩔 수 없이 새끼 고양이들이 모여 있는 곳에 데려다주었어요. 그리고 돌아갔는데, 다시 아기 고양이 소리가 나는 게 아니겠어요?

CCTV를 돌려보니 엄마 고양이가 새끼 고양이를 현관 앞에 데려다 놓은 다음 혼자 가버리는 거예요.

'버린 거구나.'

어쩐지 가슴이 철렁합니다. 새끼 고양이는 눈을 뜨지 못해서 버려진 것 같았어요.

일단 집에 있는 고양이 우유를 줬는데 다행히 잘 먹더라고요. 반려하는 고양이가 있으니 안으로 들일 수는 없었어요.

대신 엄마 고양이가 버려두고 간 자리에 조그마한 칸막이를 설치해서 대형 배변 패드를 깔아주었어요. 그 안에 새끼 고양이를 넣자, 구석으로 파고듭니다. 무서워하는 것 같아서 스티로폼 박스로 숨숨 집도 만들어 주었어요.

우유를 한 번 더 먹이고 나니 심란해집니다.

돌아가 있는데 다시 새끼 고양이 소리가 납니다. CCTV로 보니 엄마 고양이가 찾아와 돌보더라고요.

그렇게 검은 고양이와의 공동 육아가 시작되었어요. 고양이 우유를 주기 시작한 지 나흘 정도가 지나자, 새끼 고양이가 눈을 떴습니다.

녹색 눈동자였어요.

새끼 고양이가 눈을 뜬 다음 날 엄마 고양이는 모든 새끼를 데리고 산으로 돌아갔어요. 버린 게 아니라, 살려달라는 거였나 봐요. 다행이라며 안도했습니다.

그러던 어느 날 사라졌던 조랭이떡들이 몇 계절 만에 나타났습니다. 저 멀리서 살아있는 제 모습을 쓱 보여주고는 사라졌지만요.

소식,

알려줘서 고마워.

☆ 잡초와의 전쟁

시골 전원주택의 로망이라고 하면 드넓은 잔디밭의 아담한 집을 떠올리는 사람이 많을 거예요. 텃밭도 있고, 한쪽에서는 장미 덩굴도 자랍니다. 하지만 로망은 로망으로 남겨놓는 게 좋을지도 몰라요.

잡초가 얼마나 잘 자라는지 아세요?

여름철에 비가 연달아 내리고 그친 다음 날 밖으로 나가보면 잡초가 무릎까지 자라있어요. 그때를 놓치면 얼마 지나지 않아 허리까지 자라나요. 억세기는 또 얼마나 억센지 어지간한 잡초 제거 도구로는 해결되지 않습니다.

그즈음에는 제초제도 효과가 없기 때문에 겨울이 되어 자연히 잡초가 시들 때를 기다릴 수밖에 없어요.

부지런하면 된다고요?

저도 그렇게 생각했습니다만, 보통의 부지런함으로는 로망에 속한 정원을 유지하는 게 쉽지 않아요. 다른 직업을 가지고 있거나 병행해야 할 다른 일이 있다면 더더욱이요.

이전의 내게 '잡초 같은 생명력'이라는 말은 '굳세고 꿋꿋하다' 정도의 의미였어요. 하지만 이제는 '불멸'과 비슷한 느낌입니다. 예초기로 밀어도 비만 한번 오면 새로운 잡초가 쑥 올라오거든요.

그래서 장마철에는 제초 작업을 해도 '이건 의미 없는 일이 아닐까'라는 의문을 품게 돼요. 그럴 때는 제초제를 선택하기도 합니다.

물론 제초제를 뿌려도 새로운 잡초는 쑥 올라와요. 다만 그 텀이 제초기를 돌리는 것보다는 길거든요. 결국 겨울이 되어 추워지기 전까지 잡초는 계속 올라옵니다.

어느 날 봄이 찾아왔을 때 '이제 세상이 푸르러지겠구나'라고 기대하는 게 아니라 잡초를 뽑아야겠구나, 하고 근심하게 될 수도 있다니까요.

계란꽃(개망초)이 운동장을 가득 메웠어요.

✫ 드루이드 남편

남편은 원예 블로그를 운영해요. 그러면서 드루이드라는 별칭이 생겼어요. 식물을 잘 키워서 그렇다는데, 이제는 본인도 자신을 드루이드라고 소개하더라고요.

제법 알려졌는지 "남편이 프로개라 좋겠다"라거나 "부럽다"라는 말을 종종 들어요.

좋은 점도 있기는 합니다. 원하는 식물을 말하면 키워주니까요. 나는 편하게 감상만 하면 되거든요.

하지만 다른 집과 마찬가지로 남편이라는 존재는 손 많이 가고 말 안 듣는 큰아들일 뿐이에요.

✮ 그리고 나

음, 나를 설명하려니 어렵네요.

보통은 웹소설을 쓰고, 가끔은 청소년 소설을 쓰며, 지금은 에세이를 씁니다. 나는 이런저런 글을 쓰는 12년 차 작가입니다.

그다지 유명하지 않은 12년 차 작가.

어린 시절의 나는 책 속으로 도피하곤 했어요. 내가 처한 현실을 잊고 소설이나 만화 속 주인공의 삶에 빠져드는 거죠. 그러다 내가 빠져들 수 있는 이야기를 상상하고, 그 이야기를 글로 쓰게 됩니다.

그렇게 작가가 되었어요.

어느 울적한 날, 현실이 견디기 힘들 때 당신이 내 이야기 속으로 도피해 준다면 더없이 영광이겠습니다.

✧ 폐교의 아침

폐교로 이사를 오기 전에는 새벽 3~4시까지 작업을 하고 늦게 일어나는 일상을 몇 년째 유지하고 있었어요. 원고를 쓰다가 아침 해가 뜨는 걸 보고 잠들기도 했죠. 건강을 망치기에 딱 좋은 습관이었어요.

그런데 이곳에서는 밤 11시~12시면 잠이 들고, 새벽 6시면 눈을 뜹니다.

폐교의 교실은 유독 천장이 높아요. 그 높은 천장까지 바둑판처럼 창문이 달려있죠. 해가 뜨면 막대한 양의 햇살이 동남향 창문을 통과해서 쏟아져 들어와요.

새벽 6시가 되면 시계를 보는 게 분명한 백호가 골골송을 부르기 시작해요. 이상한 일이지만 백호는 아침이 되면 골골송을 부르며 꾹꾹이를 합니다. 밥때가 되어서 행복하다는 것일까요?

무시하고 자면 어김없이 냥 펀치가 날아옵니다. 보송보송하고 말캉한 발바닥이 볼을 톡톡 누르면 어쩔 수 없이 눈을 뜨고 일어나 앉습니다.

그럼 옆에 누워있던 현무도 일어나 등을 대고 앉습니다. 나는 잘 훈련된 주인이므로 현무의 등을 쓰다듬어 줘요. 쓱쓱 등을 쓰다듬다 보면 잠이 조금씩 달아납니다.

그즈음 일어났으면 빨리빨리 움직이라는 듯 날카로운 백호의 시선이 느껴집니다.

네, 밥을 대령할게요.

예쁘다고 오냐오냐 키운 날 원망해야지 누굴 원망하겠어요. 주섬주섬 사료를 챙겨주고 시간을 확인하면 6시 30분을 넘지 않아요.

해가 뜨고 지는 것으로 시간을 가늠하는 거라면 계절마다 시간대가 바뀌어야 하잖아요. 그런데 해 뜨는 시간과 상관없이 시간이 일정해요. 아무래도 백호는 시계를 볼 수 있는 게 분명합니다.

배변 패드를 치우고, 빗질하는 등 수발을 든 다음 주방으로 갑니다. 어항에도 사료를 주고, 잠깐 물멍타임을 가져요.

아침에 해야 할 일은 다 했네요. 커피를 내린 다음 돌아와 컴퓨터 앞에 앉습니다. '오늘은 한 회차(4,200자)를 써야지' 하면서 문서 창을 켜면 하루가 시작됩니다.

365일 중에 350일 정도는 비슷한 아침을 맞이하는 것 같아요.

새벽 6시에 일어나면 하루가 길어진다는 점이 좋아요. 중간에 낮잠을 자면 1부와 2부로 나누어 마치 이틀처럼 시간을 사용할 수 있어요.

자연 속에서 살면 한껏 늘어질 것 같지만, 오히려 어느 때보다도 부지런하고 규칙적인 삶을 살고 있습니다.

늦잠을 자면 만날 수 없는 풍경도 있어요.

✦ 아날로그적 인간

문서창의 커서가 깜박여요. 어서 문장을 입력하라는 압박이 느껴집니다.

하지만 습관처럼 창을 열어두었을 뿐 바로 문장을 써내려 가지는 않을 거예요.

노트를 꺼내 오늘 써야 할 장면을 끄적끄적 손으로 씁니다. 이래야 장면이 잘 떠오르거든요.

그다음 빈 문서창을 채우기 시작합니다.

운이 좋다면 오전에 1회차 원고가 끝나고, 오후에는 수정을 완료할 수 있어요. 하지만 그런 행운은 자주 오지 않습니다. 나는 손이 느리고, 수정을 많이 하는 편이거든요.

폐교에서 쓴 소설은 대부분 평화로워요. 너무도 평화로워서 자극을 추가로 넣기 위해 노력할 정도예요.

사람들은 평화를 바라지만, 자극적인 이야기를 좋아하니까요.

빈 문서창

✦ 글을 쓴다는 것

글을 쓰는 직업은 얼핏 느긋해 보일 수 있겠어요. 하지만 웹소설을 쓰는 작가의 삶은 그렇지 않아요. 매일 일정한 양을 써야 하고, 리뷰에 따라 수정도 하고, 교정도 봐야 합니다.

처음 작가로 데뷔했을 때는 주 2회 연재를 했어요. 점점 경쟁이 치열해지면서 주 4회가 되더니 요즘은 주 7회 연재하는 경우도 있거든요. 그래서 장편을 실시간 연재할 때는 먹고 자는 시간을 제외하면 글만 쓸 때도 많아요.

소설을 쓰기 시작하는 건 쉬워요. 한 작품을 완성하는 건 그보다 더 어렵죠. 첫 작품이 성공했든, 망했든 두 번째 작품은 부담이 있어서 더 어려워요. 그럼 세 번째 작품은 쉬울까요?

작가가 된 지 10년이 넘었습니다. 하지만 나는 아직도 글쓰기가 어려워요. 어쩌면 점점 더 어려워지는 건지도 모르겠어요.

아이러니하게도 그게 글쓰기의 매력이기도 해요.

끄적이는 노트

✫ 불치병

어떤 날은 원고가 잘 써지기도 하고, 어떤 날은 쓴 걸 모두 지워버리기도 해요.

작가들 사이에는 '내 글 구려 병'이라는 게 있어요. 내가 쓴 소설이 몹시 형편없어 보이는 병인데, 주기적으로 찾아와 나를 괴롭히거든요.

하지만 이 병이 찾아와야 비로소 발전하는 것 같아요. 과거에 내가 쓴 소설이 부족해 보이는 건 어쩌면 내가 성장했다는 뜻일 수도 있을 테니까요.

물론 정말 형편없었을 수도 있겠죠.

\# 교정지

✴ 폐교의 점심

'오늘 점심은 뭘 먹지?'

걸어가서 오늘 먹을거리를 사 올 수 있다면 좋겠다고 생각합니다. 아니면 짜장면이라도 배달되었으면 좋겠어요.

그럴 수 없으니 냉장고를 뒤적거립니다. 머릿속으로 식자재의 소비기한이 스치고 지나갑니다. 특별하게 먹고 싶은 게 있지 않다면 소비기한에 따라 메뉴가 결정됩니다.

이따금 폐교의 텃밭에 나가 채소를 수확해 올 때도 있어요. 수확되는 작물은 다 큼직큼직해요. 수확시기에 수확하지 않고 먹을 만큼만 따기 때문이라고 해요. 맛도 같으니 어쩌면 더 이득인 것 같아요.

막 수확한 깻잎의 향기가 얼마나 강렬한지 아세요? 한 알만 먹어도 입안에 가득 퍼지는 딸기 맛은 어떻고요.

사실 가장 좋은 건 아스파라거스예요. 마트에서 들었다 내려놨다 고민하게 되는 비싼 아스파라거스를 프라이팬 한가득 볶아 먹을 수 있어요. 하지만 원가를 계산해 보면 마트에서 사 먹는 게 저렴할지도 모르겠어요.

아스파라거스는 3년 차부터 수확할 수 있거든요. '이걸 언젠가 먹을 수 있기는 한 거야?'라는 의문을 3년이나 마음에 품고 있었다는 뜻입니다.

오늘의 점심은

아스파라거스 볶음을 해야겠어요.

✧ 기대하지 않았던

튤립 좋아하세요?

막 피어난 치자꽃 향기를 맡아본 적 있나요?

직접 키운 장미꽃 향기는 어떻고요?

화단에 튤립 구근을 심으면 우리는 튤립이 피어날 것을 기대하잖아요.

하지만 이곳에는 내가 심지 않은 것이 더 많습니다. 다람쥐와 바람이 씨앗을 부지런히 나르거든요. 옮겨진 씨앗들이 피워낸 꽃은 예상치 못한 순간 기쁨을 주는 것 같아요.

그래서 아무렇게나 자라난 운동장의 들꽃이 더 예쁠 때가 있어요.

＃ 상사화 (상사초)

✮ 바뀐 일상 단어들

이곳에 살면서 여가를 채우는 단어들이 바뀌었어요.

이전의 내가 좋아하던 것들은

뮤지컬, 연극, 영화, 책, 쇼핑, 맥주, 친구

지금의 시간은

하늘, 바람에 흔들리는 나뭇잎, 현무, 백호

그리고 '나'로 채워져요.

나를 바꾼 건 아마도 오후 2시의 하늘일 거예요.

사실 도시에서도 하늘은 볼 수 있었어요. 밥을 먹고 돌아오는 길에, 책상에 앉아있다가 문득 창밖을 내다볼 수 있잖아요.

그저 고개만 움직이면 됐어요. 오후 2시의 하늘은 언제나 나를 내려다보고 있으니까요.

그런데 이전의 나는 왜 하늘을 올려다볼 생각을 하지 못했을까요?

굳이 오후 2시의 하늘이 아니어도 좋아요. 언제든 30초쯤의 시간을 내어보는 걸로 족했을 거예요.

조용히 무언가를 바라보는 30초.

나에게는 그 짧은 시간이 필요했던 것 같아요.

하늘을,

바람을,

상대를,

나를.

✡ 정말이야?

폐교 생활 2년 차부터 SNS로 이런 메시지를 받기 시작했어요.

이거 너희 집 아니야?

맞아. 누가 또 유머 게시판에 올렸나 보네.

집에서 정말 바나나를 키워?

우와

파파야도 키워.

✴ 다시, 소설가

다시 컴퓨터 앞에 앉습니다. 나에게 있어서 글을 쓴다는 건 농사를 짓는 것과 비슷해요. 비가 올 때나, 눈이 올 때나 꾸준히 원고를 씁니다.

그해 농사가 어떻게 될지는 가을이 되어야만 알 수 있어요. 아무리 노력해도 가뭄이 들거나 홍수가 나면 소용없어요. 결과를 좌우하는 변인이 너무도 많습니다.

그런데도 다시 다음 해 농사를 시작하는 거죠.

이렇게 말하니까 근사해 보이는 데 사실 도박과도 닮아있어요. 런칭한 소설이 잭팟을 터트릴 수도 있거든요.

하지만 모든 도박이 그렇듯, 잭팟을 터트리는 사람은 극소수죠.

업계에 '치킨값'이라는 말이 있는데 한 작품을 써서 치킨 한 마리를 시킬 정도의 돈을 번다는 의미에요. 굉장히 슬픈 말이지 않나요? 요즘은 시장이 불황이라 '커피값'이라는 말도 종종 나오더라고요.

여기에서 중독성이 나타나요. 치킨값이 나왔음에도 다음 작품의 시놉시스를 구상하고 있다면 글쓰기에 중독된 거예요.

한자리에서 몇십 년씩

씨앗을 뿌리는 마음을 가지려고 해요.

최선을 다하되

결과를 원망하지 않는 마음이요.

✴ 받아들여야 하는 것

종종 "네가 그렇게 사는 걸 이해할 수가 없어"라는 말을 들을 때가 있어요. 하지만 크게 신경 쓰이지는 않아요.

다른 사람을 이해시키기 위해 살지 않으니까요. 또 모든 사람을 이해시킬 수 없다는 것 역시 압니다.

모두가 나를 좋아할 수 없고,

모두가 내가 쓴 글을 재미있게 읽지 않는 것처럼이요.

\# 운동장에서 찾은 네잎클로버

✭ 그게 나는 아니니까

누군가에게 보이고, 순위가 매겨지는 직업이라는 건 사람을 쪼그라들게 만들죠. 그래서 자칫 잘못하면 자신을 갉아먹기 쉬워요.

나는 일 년에 한 작품 정도를 작업하는데, 그 결과물에 실시간으로 순위가 매겨지거든요.

마치 일 년의 시간을 평가받는, 나아가서는 내 존재가 평가받는 기분이 들 때가 있어요.

칭찬 댓글 하나에 어깨가 펴지고, 악평 하나에 움츠러들죠.

그래서 자신과 작품을 분리하려고 노력해요. 작품 성적이 저조해도, 내가 실패한 건 아니라는 거죠.

얼핏 정신 승리처럼 보이지만, 이렇게 마음먹지 않으면 오래오래 작품 활동을 할 수 없어요.

그러다 보니 결과보다는 작품의 완성도에 연연하는 편입니다. 물론, 이건 노력일 뿐 쉬운 일이 아니긴 해요. 그래서 빠르게 좌절하고, 빠르게 극복하려고 해요.

어떻게 극복하냐고요?

매운 걸 먹고, 푹 자고 일어납니다. 달콤한 커피에 크림도 듬뿍 올려서 마셔요.

나는 좋아하는 걸 통해 스트레스를 상쇄시키는 편이에요.

반대의 경우도 있어요. 작품의 성적이 예상치보다 좋을 때도 있잖아요. 작품의 성적이 좋아도, 내가 성공한 건 아니라는 생각 역시 필요해요. 한 작품의 성공에 취해 버리면 다음 작품의 결과에 따라 감정적 낙폭이 너무 크거든요.

모든 작품에서 좋은 성과가 나오면 좋겠지만, 현실적으로 그건 불가능하다는 걸 인정해야 해요.

물론 내가 살아가는 세상에는 타고난 천재에 노력까지 하는 데다가 운도 좋은 '갓작가'가 있기는 합니다.

하지만 그게 나는 아니니까요.

내가 할 수 있는 건 꾸준히 쓰는 것 그리고 조금씩 발전하는 것 정도예요. 가끔은 퇴화도 하는 것 같지만요.

어찌 되었든 꾸준히 쓴다는 게 중요한 것 같아요. 정말 조금씩이지만 늘더라고요. 조금씩 조금씩 나아지다 보면 언젠가 대표작을 쓸 수 있지 않겠어요?

✧ 해 질 무렵

현무가 돌아서면 사고를 치던 망나니 강아지 시절에는 하루 3번까지 산책하러 나갔어요.

하지만 성견이 되어 얌전해진 다음에는 산책을 거를 때도 많아요. 너무 덥거나 추우면 '너도 나가기 싫지?'라며 미적대기 일쑤예요.

산책하러 나가면 운동장을 몇 바퀴 돌거나, 자유롭게 달리게 해주거나, 공 던지기를 해요.

하지만 가끔은 마을을 빙 둘러보는 여정을 떠나기도 하죠. 보통은 2시간 내지는 3시간 코스에요.

인구소멸이 예정된 마을의 산책은 어떨까요?

한 시간 가까이 돌아다녀도 아무도 마주치지 않을 때가 많아요. 도로를 따라 밭과 밭이 이어질 뿐이에요. 농번기엔 일하는 분들이 얼핏 보일 때도 있지만, 대부분은 우리뿐이죠.

하루는 현무를 데리고 한 번도 가보지 않은 쪽으로 움직였어요.

논밭이 양옆으로 길게 이어진 길이었는데, 걷기 시작한 지 40분째에 할아버지 한 분을 마주쳤습니다.

현무가 대형견이라 무서워하시거나 인상을 찌푸리시면 어쩌나 걱정되어 길 한쪽으로 물러나 앉게 했어요.

고된 얼굴로 지나가시던 할아버지는 현무를 보시더니 "산책 나왔니?"라며 활짝 웃어 주셨습니다. 마냥 좋아 엉덩이까지 씰룩거리며 꼬리를 친 현무로 인해 할아버지의 표정은 더 밝아지셨어요.

내 마음도 덩달아 환해졌습니다.

세상을 밝게 하는 건 거창한 게 아닐지도 모르겠어요. 타인에게 건네는 이유 없는 반가움 한 조각, 웃음 한 자락이면 충분하지 않을까요.

음… 저녁엔 뭘 먹지?

✡ 짙은 밤에는

무사히 저녁을 먹고 나면 곧 완연한 밤이 찾아옵니다.

밤에는 OTT를 보거나, 게임을 하거나, 책을 읽어요. 물론 바쁠 때는 늦게까지 원고를 붙잡고 있지만요.

자기 전에는 다이어리를 간단하게 씁니다. 거창한 건 아니에요. 오늘 목표한 일을 달성하면 칭찬스티커 같은 걸 붙이는 정도죠. 그리고 내일 해야 할 일을 간략하게 메모해요.

그러면서 오늘 나는 어떻게 지냈는지도 생각해 보고요. 긴 시간은 아니에요. 짧으면 1분, 길어도 5분이면 충분해요.

하지만 짧은 시간이라 해도 나에게 귀를 기울이는 건 굉장히 중요한 일이에요. 힘들다는 걸 인지하지 못하고 있을 때가 많아서 지금의 내가 괜찮은지 돌아볼 수 있는 사소한 시간이 필요합니다.

나는 때로, 자신을 잘 돌보지 못하거든요.

\# 다이어리

✮ 나를 돌본다는 것

폐교로 이사 오기 이전에는 날 전혀 돌보지 못했던 것 같아요.

단지 자연 속에서 사는 것만으로도 변할 수 있냐고요?

자연보다는 거리감이 중요한 것 같아요. 물리적으로 모든 것들이 멀어졌잖아요.

다른 가족도, 친구들도, 도시도.

한 발 떨어져서 가만히 바라보면 이전에는 보이지 않았던 것들이 모습을 드러내요.

서울에 며칠 머무를 때가 있어요. 첫날은 마냥 좋아요. 높은 건물과 많은 사람, 도시의 소음까지 반갑죠.

하지만 그 모습을 가까이서 들여다보면 마음이 불편해지곤 해요. 지나다니는 사람 중 대다수가 인상을 쓰고 있거든요. 마치 화가 날 준비가 되어있는 사람들처럼요.

그렇게 서울에 머무른 지 사나흘쯤 지나고 출퇴근 시간의 지하철을 두어 번 경험하고 나면 나 역시 그런 얼굴을 합니다.

성급하고, 양보를 잊죠. 길 가다 거울을 본 적은 없지만 나 역시 화를 낼 준비가 된 사람과 같은 모습을 하고 있었을 게 분명합니다.

그때부터는 도시에 휩쓸리지 않도록 조심해요. 그러다 폐교로 돌아오면 그렇게 평안할 수가 없어요.

물론 일주일쯤 지나면 다시 번잡한 도시가 그리워집니다. 사람도요. 사람을 만나지 않을 때, 인류애가 가장 높은 아이러니한 상황이랄까요. 거리를 두면 확실히 그리워지는 효과가 있어요.

사실 어떤 상대는 가까워도 문제가 없어요. 그러나 어떤 상대와는 가까울 때 상처가 생기기도 하죠. 상대가 나빠서라기보다는 달라서 그렇다고 생각하면 조금 마음이 편해요.

모두와 잘 맞을 수는 없어요. 어쩔 수 없이 잘 맞지 않는 상대가 있는데, 그 상대가 가족이라면 더욱 철저한 거리 두기가 필요한 것 같아요. 가족이라는 이유로 억지로 거리를 좁히면 결국 서로에게 상처를 내지 않겠어요?

그걸 깨닫고 난 다음에는 '나'도 바라보게 된 거죠. 내 안에 갇혀서 나를 바라보는 게 아니라 한 걸음 떨어져서 바라보면 나와 오히려 친해지는 기분이 듭니다.

이전의 나는 자연을 마주할 줄 몰랐어요. 어쩌다 여행을 가도 공기가 상쾌하다, 숲이 울창하고 근사하다 정도의 단편적인 심상만을 느꼈었죠.

그건 스치듯 지나가며 보아서인 것 같아요.

시간을 내어 가만히 바라보는 것, 그게 중요한 것 같아요.

사람이든, 자연이든, 나든.

✪ 악필

사실 나는 지독한 악필이에요. 지금까지 살아오면서 나보다 악필인 사람을 본 적이 없어요. 그런데도 일기를 쓰거나 메모할 때는 만년필을 선택합니다.

예쁘게 쓰기 위함은 아니에요. 만년필을 좋아하는 이유는 내가 무엇을 쓰고 있는지 자각할 수 있기 때문이에요.

집중력이 부족해지는 것 같다는 느낌이 들었을 때 만년필을 사용하기 시작했는데 상당한 도움이 되었어요.

사각사각, 필감이 기분 좋은 집중을 선사해 주거든요. 특히 십분 가량 펜을 움직이지 않으면, 닙이 마를 수 있다는 가능성은 날 부지런히 움직이게 해요. 펜을 세척 하는 건 제법 귀찮은 일이니까요.

맞아요. 만년필은 편하지 않아요. 굳이 만년필을 세척하고, 잉크를 채우고, 손이며 책상에 묻은 잉크를 닦아내고, 적합한 종이를 골라서 글씨를 써야 하니까요.

하지만 나는 그 귀찮고도 고루한 방식이 좋습니다.

✫ 폐교를 찾는 사람들

폐교에서 살다 보면 초대하지 않은 손님이 종종 찾아옵니다.

5년간의 임대가 끝나도 기존 입주자에게 계약의 우선권이 있어요. 그런데도 연장해야겠다고 생각하지 않은 건 이 부분이 큰 비중을 차지합니다.

마을 사람들에게 폐교는 '모두의 공간'으로 인식되어 있어요. 오래도록 그 마을에서 사용하던 곳이라 그런 것 같아요.

가장 많이 찾아오는 사람은 '졸업생'이에요. 추억을 더듬어 찾아온 이들은 이곳에 사람이 살고 있다는 사실을 깨닫고 오래 머물지 못하고 돌아갑니다.

가끔이지만 창문을 억지로 열고 들어오려는 사람도 있었어요.

처음에는 낯선 사람들이 우르르 몰려오면 너무 놀라고 무서웠는데, 이제는 누가 찾아와서 창문을 흔들어도 "졸업생이세요?"라고 물으며 다가갈 수 있는 경지에 이르렀습니다.

봄이 되면 피크닉하는 가족들이 찾아옵니다. 운동장 가장자리의 커다란 나무 아래에 테이블을 펼쳐놓고 봄을 즐겨요. 아이들은 운동장에서 자전거를 타거나 뛰어놉니다.

어떤 가족은 고기를 구워 먹기도 해요. 본격적으로 미니 발전기까지 동원한 가족도 있었죠.

자동차 운전 연수를 하러 온 사람들도 있었어요. 근방에 편하게 연습할 수 있는 공간이 없거든요.

대부분은 깔끔하게 정리하고 떠나기 때문에 크게 신경을 쓰지 않아요. 하지만 담배꽁초 같은 소소한 쓰레기를 그대로 두고 갈 때도 있어요.

누군가 버리고 간 담배꽁초를 산책하던 현무가 텁! 먹었을 때는 정말이지 화가 나더라니까요.

자다가 일어나서 레고 밟아라.

✧ 기다리는 사람

매일 같은 시간에 폐교 운동장을 찾는 아저씨가 있어요. 퇴근하는 아내를 마중 나오는 아저씨이죠.

아내가 마을버스를 타고 돌아오는데, 정류장에서 집이 멀다고 해요. 그래서 마을버스가 도착하는 시간에 맞춰 운동장에 차를 대고 기다립니다.

지대가 높은 폐교 운동장에서는 도착 3분 전부터 마을버스가 보이거든요.

멀리 보이는 마을버스

✬ 색소폰 연주자

가끔이지만, 폐교에는 색소폰 소리가 울려 퍼질 때가 있어요. 누군가 운동장에 서서 색소폰 연습을 하는데, 실력이 끔찍했죠.

처음, 이곳에서 연습해도 괜찮겠냐는 물음에 괜찮다고 말했던 자신을 원망하게 될 정도로 소음에 가까웠어요.

다행히 해를 거듭하면서 점점 듣기 좋은 음악이 되었습니다.

✫ 맨발의 할아버지

운동장을 맨발로 걷는 할아버지가 있어요. 건강을 위해 맨발 걷기를 하신다고 해요. 비가 와서 땅이 축축해진 날에도 찾아오시고는 하죠.

진드기 같은 해충이 있을 텐데, 과연 건강에 도움이 될 것인지에 대한 의문이 있기는 했어요.

하지만 천천히 맨발로 운동장을 걷는 사람의 모습은 꽤 평안해 보여요. 어쩌면 그런 마음의 평안함이 건강에 도움을 줄지도 모를 일이죠.

그중에서도 핫플은,

느티나무 그늘입니다.

✦ 꿀잠

오랫동안 불면증에 시달리던 친구가 있습니다. 몇 시간 동안 뒤척인 다음에야 겨우 잠들 수 있다고 투덜거리곤 했었죠.

그 친구가 휴가를 맞이해서 놀러 왔어요.

저는 2층의 전망 좋은 교실 하나에 잠자리를 만들어 주었어요. 다음 날 친구가 내려오지 않아서 올라가 보니 잠을 자고 있었어요.

그녀의 꿀잠은 오후가 될 때까지 이어집니다. 일단 깨워서 밥을 먹이고 나니, 다시 잠을 잡니다.

"불면증이라면서?"

"그러니까 이게 얼마나 귀한 일인지 넌 모를 거야."

그렇게 그 친구는 3박 4일 동안 잠만 자다가 갔어요.

이상하게 잠이 쏟아진다고 하더라고요.

다음에는 작가 지인들이 놀러 왔습니다. 둘 중 한 명 역시 불면증이 있었는데, 그 친구도 일어나지 않습니다.

일어나지 않는 친구를 두고, 다른 한 명과 놀다 보니 신기한 기분이 듭니다. 이런 일은 다른 이들에게도 반복적으로 나타났어요.

불면증을 호소하던 지인마다 꿀잠을 자고 돌아갑니다. 한 명이나 두 명까지는 그럴 수 있지만, 세 명을 넘어가면 어떤 이유가 있다고 생각되거든요.

자연의 ASMR 때문인 것 같다고 추측할 뿐이에요. 밤의 짙은 어둠 때문이라고 하기에는 낮에도 자더라고요.

아니면 폐교의 바람에 수면제가 묻어있을지도 모를 일이죠.

✩ 비가 그치고

무지개가 떴습니다.

내가 평생 본 무지개보다

이곳에서 5년간 본 무지개가 더 많을 거예요.

✕ 이상한 철물점

시내로 가는 길에는 이상한 철물점이 있어요. 겉에서 보기에는 그다지 크지 않아요. 하지만 안으로 들어가면 제법 규모가 있는 철물점이에요.

어지럽게 많은 물건이 들어차 있어서 손님이 무언가를 고르기는 힘든 구조입니다. 처음 방문했을 때는 반신반의하면서 물었어요.

"사다리와 호스가 있나요?"

"잠깐만 기다려 봐."

나이가 지긋하신 사장님이 뒷문으로 나갔다가 시간이 조금 지난 뒤에 돌아오셨어요. 손에는 사다리와 호스를 들고 계셨고요. 가격도 저렴한 편입니다.

우리는 그곳을 종종 갔어요. 철물점에서 살 수 있는 모든 제품이 갖춰져 있는 것 같았거든요.

"혹시 이런 것도 있나요?"

"잠깐만 기다려 봐."

철물점 안에 물건이 없으면 창고로 가십니다. 철물점 건물 뒤쪽의 가게 몇 개를 창고로 사용하신다고 해요. 알고 보면 규모가 어마어마한 철물점이었던 거죠.

그래서인지 없는 게 없습니다. 무언가가 있는지 물어보면 어김없이 기다리라고 대답하곤 사라지십니다.

물건을 사 들고 철물점에서 돌아오는 길에 농담을 해봅니다.

"미사일 있냐고 물어봐도 '잠깐만 기다려 봐' 하실 것 같아."

음···. 설마?

⭐ 바나나 집착광공

남편의 바나나 사랑은 대단합니다.

먹는 것도 좋아하지만, 키우는 것도 좋아해요. 그래서 바나나 집착광공이라는 별명을 지어주기도 했어요.

현재 우리 집에는 7종의 바나나가 자라고 있습니다. 얼핏 세어 보아도 바나나 화분이 20개는 넘는 것 같아요.

나는 그중에서 흰무늬 바나나를 가장 좋아합니다. 이유는 간단해요. 예쁘거든요.

크게 자란 흰무늬 바나나잎이 바람에 흔들리는 걸 보고 있으면 여행을 와있는 것 같은 기분이 들어요. 바람이 세게 불면 입이 갈기갈기 찢어지는데, 그 넝마가 된 잎조차 예쁜 것 같습니다.

바나나를 키워서 가장 좋은 점은 바나나 잎으로 수육을 해 먹을 수 있다는 걸 거예요.

\# 바나나잎 수육

✦ 세나 메리디오날리스

인터넷을 돌아다니다 마음에 쏙 드는 식물을 만났어요.

세나 메리디오날리스, 작은 나무처럼 생긴 아프리카 식물입니다.

지금은 파는 곳이 늘었지만, 그때만 해도 구하기가 힘들었어요. 다행히 씨앗을 살 수 있어서 흙에 심었습니다.

씨앗부터 키운 세나 메리디오날리스는 작고 소중하게 자라났습니다. 성장이 더딘 편이었지만, 빨리 자라는 식물은 아니라고 들었어요. 그런데 남편이 화분을 마당으로 빼놓으라고 합니다.

미심쩍지만 일단 시키는 대로 해봅니다.

밤에는 쌀쌀할 때라 아침에 화분을 내놓고, 밤에 들이며 애지중지 키웠어요. 완연한 여름에는 화분을 밖에 방치했어요. 그리고 겨울에는 실내에 들였습니다.

세나는 몇 번의 여름을 보내며 쑥쑥 자랐습니다. 그리고 꽃이 피었어요.

어쩌면 씨앗을 얻을 수 있을지도 모른다는 생각에 두근두근해집니다.

\# 세나 메리디오날리스

✧ 나이 잘 먹기

40살이 되고 난 이후로 새로운 고민이 시작되었어요. 20대와 30대에는 한 번도 생각해 본 적 없던 것이죠.

어떻게 나이를 먹어갈 것인지에 대한 고민이에요.

영원히 오지 않을 것 같은 나이를 넘어섰지만 삶은 여전히 어렵기만 해요.

> 불혹(不惑) : 미혹되지 않는 나이.

공자가 『논어』 위정편에서 "마흔 살이 되어서는 미혹되지 않았다"라고 한 게 시작이었다고 해요. 하지만 나는 공자가 아니라 그런지 아직도 많은 것에 흔들립니다.

장바구니에 들어가 있는 물건만 해도 한가득인데, 미혹되지 않는 날이라는 게 오긴 하는 것일지 의문이에요.

나무에는 나이테가 새겨지잖아요. 사람도 나이를 먹으면 그만큼의 흔적이 남는 것 같아요. 그 흔적을 돌이켜볼 때 부끄럽지 않도록 나잇값을 하며 살고 싶어요.

나이를 먹어갈수록 그 값이 계속 올라갈 테니 점점 더 난도가 올라갈 테지만요.

이왕이면 새겨진 나이테가 귀여운 사람이었으면 좋겠습니다. 당연히 외모를 말하는 건 아니에요. 외모가 귀여운 시기는 지난 지 오래죠. 하지만 사람 자체가 귀여울 수는 있잖아요.

나는 귀여운 것들을 좋아해요.

보고 있으면 미소 지어지는 것들이요. 큰 깊이는 없더라도 보고 나면 기분 좋아지는 그런 귀여움이 좋습니다.

그래서 내 장래 희망은 귀여운 할머니이기도 해요.

그리고 이왕이면 보답할 수 있는 사람이 되고 싶어요. 나는 많은 사람의 호의로 더 나은 사람이 되었습니다. 지금까지 받은 따스한 온기를 나누는 사람이 되고 싶어요.

누군가는 내 친절로 인해 더 나은 사람이 되었다고 회상할 수 있도록이요.

또 나이를 먹어도 계속 글을 쓰고 싶어요. 스물에 내가 쓸 수 있었던 이야기가 다르고 서른에 쓸 수 있었던 이야기가 달라요.

나는 내 나이 오십에 쓸 이야기가 기대됩니다.

음, 나만 기대하고 있으면 어쩌지?

✫ 어두운 숲을 지나는 방법

내게는 오랫동안 썼지만, 빛을 보지 못한 소설이 있어요.

원안은 중학교에 다닐 때 끄적인 단편이에요. 그러다 28살에 두 권짜리 소설로 수정해서 완성했어요. 30대에 로맨스의 옷을 입히고 제목을 바꿔 출간했고요.

그래서 남아있던 '어두운 숲을 지나는 방법'이라는 제목을 『폐교생활백서』의 부제로 써야겠다고 생각했어요. 내게는 의미 있는 제목이니까요.

최근에 다시 읽어보니 10대와 20대, 30대에 완성한 이야기의 결이 모두 다르더라고요. 몇몇 감정선은 지금에 와서는 공감되지 않았어요.

지금의 나라면 다르게 썼을 것 같습니다.

누구나 삶의 여정에서 어두운 숲을 지나게 되는 순간이 있잖아요. 그 숲의 깊이와 어두움은 저마다 다르겠지만 자신에게 주어진 그 숲을 피해 갈 수는 없어요.

그런데 내 숲은 유독 크고 울창해 보였어요.

어둡고 울창한 숲. 끝도 없이 이어지는 숲. 빛조차 들지 않아 한 치 앞도 보이지 않던 그런 숲이었죠.

울창한 나무들이 하나의 길을 향해 빼곡하게 들어차 "이 길 말고는 없어. 네 운명은 이거야."라고 말하는 것처럼 보이기도 했어요.

그래서 지난날의 난 이를 악물고 숲을 헤매고 다녔어요. 눈앞이 깜깜한 그곳을 벗어나기 위해 바둥거렸던 것 같아요.

그렇게 한참을 지나 '끝이다. 나는 숲을 벗어난 거야.'라고 생각할 때쯤 또다시 이어진 숲은 내게 절망을 안겨 주기도 했어요.

이전의 나는 소설 『미치도록』에서 이렇게 말했어요.

> "아무리 어두워도 시간은 흘러. 그리고 언젠가는 그 숲을 벗어날 거야. 억울하잖아. 바로 100m 앞이 숲의 끝일지도 모르는데. 조금만 힘을 내서 걸어보자. 영원한 행복이 없듯이, 영원한 불행도 없으니까."

하지만 불혹을 넘어선 지금은 알고 있어요. 어두운 숲 자체가 내 인생이라는 것을요.

지금의 나는 어두운 숲 안에서 행복할 방법을 찾고 있습니다.

✪ 행복을 위하여

나를 더 행복하게 하기 위한 선택은 굳이 거창할 게 없어요. 더 나은 걸 고르면 되니까요.

당장 점심 메뉴를 고르는 것부터 시작할 수 있어요. 그렇게 조금씩 더 좋은 걸 골라 나가면 되는 거더라고요.

나는 이런 걸 좋아하고, 이런 건 싫어하고, 이런 걸 어려워하고.

이렇게 알아가다 보면 나와 조금 더 친해지게 됩니다.

'낯선 사람 A를 행복하게 해주세요'라는 고민은 막연하잖아요. 하지만 가장 친한 사람을 행복하게 해주려면 어떻게 해야 할지는 그보다 쉽게 떠오릅니다.

나와 친해지는 건 그래서 중요해요.

내가 어떻게 하면 기쁘고, 어떻게 하면 슬프고, 어떤 상황을 견디지 못하는지를 알아야 나를 잘 돌볼 수 있으니까요.

폐교에서의 시간은 그렇게 나와 조금 더 친해진 계기가 됐습니다.

돌이켜보면 어린 시절의 나는 행복이 거창한 거라고 생각했던 것 같아요. 이 어두운 숲을 뚫고 나가 마침내 행복해지리라 다짐했었죠. 행복을 위해 무던히 내달렸던 것 같아요.

넘어지거나, 숨이 차올라도 달렸어요. 많은 것들을 놓쳤다는 걸 모른

채 그냥 달렸죠. 그러다 어느 때에는 끝나지 않는 숲을 원망하며 눈물을 터트리기도 했어요. 진창 정도인데, 늪에 빠졌다며 한없이 가라앉기도 했고요.

'행복'이라는 단어에 집착했다는 건 내가 행복하지 않았다는 뜻이겠죠. 그리고 시간이 흘러 지금은 행복이라는 단어를 잘 사용하지 않아요. 그리하여 이제 행복해졌느냐고 묻는다면 대답하기는 힘들어요.

인생에는 언제나 굴곡이 있어서 순수하게 행복하기만 하기는 힘드니까요. A로 인해 행복한 날에도 B는 근심되며, C가 마음에 걸리는 복합적인 게 인생이잖아요.

고민 한 점 없이 행복하기만 한 날이 존재할 수는 있을까요? 대신 내게 찾아온 순간순간의 행복을 발견하기 위해 노력하고 있어요.

행복은 커다란 무언가가 아니더라고요. 굴러가는 낙엽을 보고 웃을 수 있다면, 그게 행복인 거겠죠.

행복은 찾아 떠나야 하는 게 아니라 그냥 내가 선 자리에서 발견해야 하는 거였어요.

✶ 선택할 수 있다면

소설의 인기 소재를 말할 때 '회빙환'이 자주 언급돼요. 회귀, 빙의, 환생을 줄인 말이에요. 셋 모두 지금의 인생에서 벗어나 새로 시작하는 내용이죠.

> \# 20살로 회귀
>
> \# 로맨틱 판타지 속 대공가의 공녀로 빙의
>
> \# 재벌 3세로 환생

선택권이 있다면, 난 뭘 고르게 될까요?

음, 20살로 회귀가 좋겠어요. 다른 사람이 되기보다는 내 인생을 더잘 살아가 보고 싶어요. 회귀한다고 해서 더 행복해진다는 보장은 없지만요.

경제에 크게 관심은 없지만, 대강의 흐름을 아니까 주식이나 코인에 투자해 물질적으로 성공할 수도 있겠네요. 부동산 투자도 실패할 리없으니, 부자가 될 수는 있을 것 같아요.

그리고 스무 살부터 소설을 쓸 수 있겠어요. 일찍 시작하니까 이번에는 유명 작가가 될 수 있을까요?

안되면 돈을 더 열심히 벌어서 소설 플랫폼을 사버리죠. 뭐.

결혼은 어떻게 할 것 같냐고요? 그건 고민을 좀 해봐야겠네요. 하지만 20대인 남편의 단편영화에 투자할 것 같기는 해요. 첫 번째 꿈을 이루어 주고 싶거든요.

그다음은 그다음에 생각해 볼래요.

사실 내가 남편과 결혼한 이유는 간단해요. 나를 가장 나답게 있을 수 있도록 해준다는 거죠. 부족한 부분을 타박하지 않고 받아들여 주기 때문이에요. 그건 내게 큰 안정감을 줍니다.

마음을 고백하겠다면서 보낸 편지들이 귀여웠던 것도 있어요. 회귀했는데도 나에게 다시 귀여운 편지를 보낸다면 결혼할 수도 있겠어요. 나는 귀여운 걸 좋아하니까요.

하지만 영화감독으로 성공시켜 놓았더니, 여자 배우와 눈이 맞을 수도 있지 않겠어요? 음, 상상해 보니까 그러면 좀 분할 것 같아요.

옷을 아무렇게나 벗어서 던져놓긴 하지만, 어두운 숲을 함께 걸어가는 동반자로는 나쁘지 않거든요.

오그라들 준비를 마쳤다면,

편지 같이 보실래요?

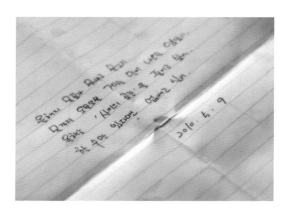

올해의 목표가 뭐냐고 물었지.

목까지 오물오물거리는 말이 나오질 않았어.

올해는 '사이의 공간'을 줄이고 싶어.

할 수만 있다면 없애고 싶어.

별들의 주기나 계절의 변화처럼

사람의 만남에도 설명할 수 없는 순환의 원리가 있다고 생각해.

그런 점에서 여전히 매일 매일

내 마음에 새로운 흔적을 남기는 누나는

그런 우주의 순환 원리로도 설명되지 않는 불가사의야.

이전에 보내겠다던

마스크팩 샘플은 박스 안에…

만드는 과정에서 조금… 실패(?)해버린

선물은 또… 박스 안에…

내 마음도 당신의 손에 닿는 곳에 늘 있습니다.

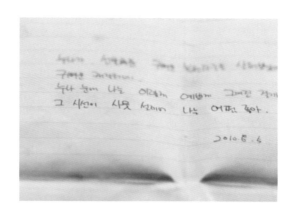

그 시선이 사뭇 설레어 나는 어쩜 좋아.

편지를 찾아서 읽다가 남편에게 보여주었어요.

"…너 이런 아이였구나?"

남편은 몇 장을 뒤적거리더니 읽는 것을 포기합니다.

"뭐라는 거야? 얘는 누굴까?"

✬ 공생 관계

우리는 서로가 싫어하는 걸 대신해 줍니다.

나는 밥하고 설거지하는 걸 싫어하지 않아요. 굳이 따지자면 좋아하는 편인 것 같아요. 그래서 밥은 내 몫이 되었어요.

반면 청소기 돌리는 걸 싫어해요. 물걸레질은 괜찮은데 청소기 소리가 싫거든요. 나는 귀가 좀 약한 편이라 큰 소리에 민감해요. 그래서 청소기는 남편이 맡게 되었어요.

또 화장실 청소하는 걸 싫어하지 않아요. 반면 남편은 몹시 싫다고 했죠. 그래서 결혼 이후 화장실 청소는 내 몫이었어요.

이외에도 소소한 것들이 있어요. 나는 과일 깎는 걸 싫어해요. 행위 자체보다는 과일을 깎을 때마다 어른들이 '여자는 과일을 예쁘게 깎아야 한다는 둥'으로 시작하는 잔소리가 싫었던 것 같지만요. 난 결혼한 이후로 과일을 깎아 본 적이 없어요.

남편은 전화 통화하는 걸 싫어해요. 그래서 전화해야 할 일이 있으면 내가 합니다.

그렇다고 해서 너는 이거, 나는 이거 딱딱 정해놓은 건 아니에요. 때에 따라 더 잘하는 사람이 하기도 하고, 더 한가한 사람이 하기도 하고요.

사람이 좋아하는 것만 하면서 살 수는 없잖아요. 특히 집안일이 그렇죠. '집안일'이라는 건 귀찮고, 잡다하고, 해도 해도 끝이 없는 기분을 안겨주잖아요.

하지만 모두 싫은 건 아니에요. 좋은 것도 있고, 나쁘지 않은 것도 있고, 조금 싫은 것도 있어요.

적어도 몹시 싫어하는 걸 하지 않을 수 있는 삶은 꽤 괜찮습니다.

✦ 담고 싶은 이야기

나는 소설을 쓸 때 '하고 싶은 말 딱 한 줄'을 담습니다.

지금, 내 앞에 있는 사람을 사랑하라거나, 내가 나눈 것들이 결국 내게 돌아온다는 것이나, 내가 살아가는 세계를 확장해 나가자는 것 같은?

그냥 한 줄의 문장으로 하면 고리타분한 가치들이네요. 그래서 크게 터지질 않나 봐요.

『어두운 숲을 지나는 방법』에도 어떤 메시지를 담아야 할지를 고민해 보았어요. 그리고 이런 결론을 내놓았습니다.

> 자신을 살펴주세요. 가능한 한 다정하게.

이기적인 마음이 넘쳐나는 세상에 친절과 다정함이 얼마나 귀한 가치가 되었나요. 다정함과 친절을 긁어모아 나를 위해 쓰는 거예요.

그렇게 내 안의 다정함이 조금 더 자라나 충분해졌을 때 다른 이에게도 그 다정함을 전할 수 있지 않을까요?

✡ 주작이들처럼

주작이들은 서로를 점점 더 닮아갑니다.

처음에는 특징이 사라지는 게 조금 슬프게 느껴지기도 했어요. 훌쩍 자라나 틀에 갇힌 어른이 되어버린 것 같았거든요.

하지만 주작이들은 항상 같은 곳을 바라봐요. 그리고 함께 걸어갑니다. 누구든 먼저 걸어가면 나머지도 따라가요.

서로 다르게 태어났지만

조금씩 닮아가며

항상 같은 곳을 바라보는 동료와 함께한다는 건

제법 낭만적인 일인지도 모르겠어요.

✦ 폐교의 삶은

겨울에 샤워를 마치고 복도에 나오면 몸이 움츠러들곤 합니다. 그러던 어느 날 샤워를 마치고 나왔는데도 춥지 않다면 생각합니다.

봄이 왔구나.

계절을 상징하는 꽃씨도 있어요. 봄이 되면 미루나무 씨앗이 공기 중에 둥둥 떠다닙니다. 자매품 송화 가루도 있어요.

바람결에 흩날리는 민들레 씨앗이 도드라지게 보인다면 여름이 온 거예요.

가을에는 도깨비바늘이 있어요. 잠깐 밖에 나갔다 돌아오면 도깨비바늘의 씨앗이 옷에 잔뜩 붙어 있죠. 현무의 털에도 잔뜩 붙어서 떼어내려면 애를 먹어요. 언제부터인가 도깨비바늘이 달라붙으면 가을이 되었나 보다 합니다.

이곳에서는 계절을 온몸으로 느낄 수 있어요. 하늘의 높이로, 바람의 온도로, 계절마다 피는 꽃으로, 햇살의 세기로 느껴지는 계절이 있어요.

계절만이 아니라 날씨도 오롯이 느낍니다. 도시에 살 때는 내일 비가 오는지 눈이 오는지 궁금하지 않았어요. 하지만 이곳에서는 아침마다 날씨를 봅니다. 비가 오거나 바람이 불거나 눈이 오면 대비해야 할 것들이 있으니까요.

손이 많이 가는 것만은 분명하네요.

계절을 오롯이 느낄 수 있어서 좋다고 말하려고 했는데 결국 마무리는 손이 많이 간다는 것으로 끝나버렸어요. 어쩔 수 없죠. 다시 하늘을 봐야겠어요.

폐교의 생활을 한마디로 정의해 본다면, 캠핑 같은 삶이에요. 힐링이 되지만, 불편해서 문명을 그리워하게 되죠.

우리 부부는 아파트에 살 때 캠핑을 자주 다녔어요. 일주일에 한 번, 이 주에 한 번은 캠핑하러 갈 정도라 장비도 빵빵했어요.

하지만 폐교에 지낸 5년간은 단 한 번도 캠핑하러 간 적이 없어요. 굳이 떠날 필요가 없으니까요.

모든 일에는 장단점이 있고, 잃는 게 있으면 얻는 게 있다고 여겨요. 세상에 일방적인 건 없으니까요. 그러니 폐교의 생활은 불편함과 맞바꾼 평안이라 하겠습니다.

로망만으로 견디기에는 상상한 것보다 불편이 클 거예요. 막연한 로망만큼 무서운 게 없어요. 그 로망이 현재가 되는 순간, 외면하고 있던 현실들이 몰아닥쳐 나를 괴롭힐 테니까요.

좋은 것만을 취할 수는 없어요. 시골 생활은 어쩔 수 없는 불편을 품어야 해요. 그 불편을 모두 따져보아도 괜찮을 것 같다면 그때는 폐교 또는 시골 생활을 꿈꿔보아도 괜찮을 것 같아요.

✷ 다시 시작

우리는 폐교 임대를 연장하지는 않을 거예요. 찾아오는 사람이 너무 많거든요. 5년 동안은 아무런 문제가 없었지만, 치안이 불안한 건 사실이라서요.

관리해야 할 건물과 부지가 지나치게 넓다는 문제도 있습니다.

하지만 회색빛 도시로 돌아가지는 않을 거예요.

오후 2시면 하늘을 볼 수 있는 곳으로 찾아 들어가 다시 캠핑 같은 삶을 살 거예요.

⭐ 모두의 장소

초등학교 저학년 때 즐겨 가던 단골 떡볶이집이 있었는데, 어느 날 검색해 보니까 아직도 영업 중인 거예요. 근처를 지나갈 때 떡볶이를 포장했습니다.

기억 속의 떡볶이보다 맛있지는 않았지만 묘한 울림이 있는 맛이었어요.

아마 추억 보정이겠죠. 앞으로도 그 근처를 지나갈 일이 생긴다면 포장해서 추억을 맛볼 것 같아요.

오래도록 한 자리를 지키는 가게는 그런 의미에서 소중한 것 같아요.

이 학교도 누군가에게는 그런 의미일 겁니다.

그래서인지 추억을 더듬으며 찾아오는 사람이 많아요. 이곳을 매입한다고 해도 폐교라는 공간 특성상 오롯이 내 것이 되기는 힘들 겁니다.

한때 모두의 것이었기 때문이겠죠.

✹ 어느 봄에는

이곳이 생각날 것 같아요.

내게는 휴식처 같은 곳이었으니까요. 스트레스가 가득한 세상에서 잠시 잠깐 숨을 돌릴 수 있는 곳이었어요.

볼을 쓰다듬어 주는 바람의 손길은 항상 기분 좋아요. 바람은 머리를 토닥여 주기도 하고, 장난치듯이 흐트러트리기도 해요.

그러면 조금 괜찮아지는 것 같은 느낌이 들기도 했죠.

나도 졸업생들처럼

어느 날 문득

이 학교를 찾고 싶어질지도 모르겠어요.

햇살이 예쁘게 드리워지는 어느 날에,

첫눈에 반했던 순간을 떠올리며

폐교생활백서 어두운 숲을 지나는 방법

발 행 일　2024년 10월 10일(1쇄 인쇄)
　　　　　2024년 10월 10일(1쇄 발행)

글 쓴 이　로서하

펴 낸 이　김형기
펴 낸 곳　드루이드 아일랜드
출판등록　2022년 3월 7일 ｜ 214(25100-2023-000014)
이 메 일　druidi@naver.com

I S B N　979-11-984415-3-9